Javier García Sánchez

Los otros

Círculo de Lectores

Ved que os declararé un misterio: no todos moriremos, pero todos seremos transformados

CORINTIOS, 15-51

La comparación de los objetos que nos rodean impide, frecuentemente, que lleguemos a descubrir determinados cambios en el objeto mirado

LEONARDO

Pervivencia de las imágenes tras la desaparición del estímulo debido al carácter duradero de los movimientos vibratorios

NEWTON

Existen varias clases de incógnitas

NOVALIS

Curva tras curva, entre los acantilados contiguos a un sinuoso riachuelo y enormes rocas que parecen querer tragarse la estrecha carretera, el auto avanza despacio. A veces, cuando encuentra gravilla en la calzada o la curva resulta demasiado pronunciada, reduce su marcha hasta quedar casi parado.

Los ojos del milano han divisado, desde lo alto, el brillo metálico del techo del auto, que por efecto del sol emite destellos intermitentes. Pero de pronto se aleja como una sombra ágil, negra y asustada, cambia el rumbo de sus alas y va a sobrevolar circularmente el risco que desde hace siglos, tantos que no hay memoria que los recuerde, da la entrada al valle. La nube vaporosa y blanca también se aparta con lentitud pese a que el viento no la empuja en esa dirección. Hay remolinos invisibles. Se desplaza de manera laminar, como si quisiera que la claridad inundase escalonadamente el camino. Ha formado, en su torpe y mudo movimiento, un signo de interrogación gigante.

Pero ellos no lo advierten. Están hartos del viaje. Cansados. Inquietos. Más por el pésimo estado de las carreteras, sobre todo en los últimos cincuenta kilómetros de traqueteo y baches, que por el tiempo invertido desde que salieron de la ciudad. Casi cuatro horas que, con música y charlando, al menos hasta la mitad del camino pasaron de buen humor. Luego el paisaje fue cambiando ante sus ojos. Ha sido una transformación extraña, como extraños fueron algunos detalles que, a cada uno de ellos dos por separado y en sus respectivas casas, les ocurrieron esta misma mañana antes de citarse en el trabajo. Detalles mínimos. Detalles en cadena. En el ecuador del viaje su buen humor cesó súbitamente. Los últimos pueblos, varias aldeas con apenas gente, quedaron atrás hace largo rato.

Conforme han ido acercándose a ese lugar les sobreviene una sensación parecida al temor, aunque racionalmente se nieguen aceptarlo.

El miedo y el dolor se sienten, pero no se ven. Como realidad física tangible podría decirse que no existen, y sin embargo están.

El que conduce se pasa una mano por la nuca e intenta hacer presión sobre el cuello. Su acompañante le observa de soslayo.

–Se te ve agotado.

El conductor emite un suspiro. No puede negar la evidencia. Se revuelve inquieto en su asiento.

–He pasado una mala noche.

El otro reclina su cabeza sobre el mullido respaldo de gomaespuma pensando que es una coincidencia, pues también a él le fue imposible descansar la noche última.

–Una mala noche... –murmura de modo difuso con el motor como telón de fondo.

Al desviarse unos metros de la carretera los neumáticos del coche inscriben sus huellas como arabescos desquiciados sobre la tierra blanda del arcén. Parece que ahí haya quedado algo escrito.

Llegaron a una gasolinera en la que a simple vista

no atendía nadie. Diríase que el propio tiempo, su latido interno, cambia de compás.

Por allí sólo fluía el viento. Finalmente salió un hombre a llenarles el depósito.

–No encontrarán otra hasta la vuelta, y entre que van y vienen son noventa y pico kilómetros –dijo escuetamente.

La advertencia les dejó un tanto inquietos. Como para tener una avería en estos parajes, pensaron. Les indicó la ruta correcta para llegar a su destino. El *Balneario*, así lo llamó el tipo. Masticaba el tallo de un arbusto, y contrajo fugazmente las cejas al decirlo:

–Un sitio raro.

Apartó su mirada, que hasta entonces no denotaba nada especial, dejándola vagar por unos matorrales cercanos mientras se llenaba el depósito.

–Raro dice usted, ¿por qué? –inquirió con curiosidad el que había bajado con la llave para abrir el depósito. Su compañero permanecía erguido y junto a la puerta. «Voy a estirar las piernas», había dicho poco antes, pero ahora no quería perder ni una palabra de lo que dijese el hombre.

–No sé... –farfulló el tipo sin dejar de masticar la punta de su tallo reseco y quizás arrepentido de haber abierto la boca–. Será que allí no va casi nadie...

Tras agachar la mirada escupió el tallo a un costado sin ningún recato.

De pronto un graznido corta el aire limpio de la mañana, y el rumor se desvanece lentamente hacia el sur.

Tienen, entonces sí, la perturbadora e inexplicable sensación de que algo sucede con el tiempo, roto en una miríada de destellos que no obedecen a ninguna ley lógica. Las horas parecen haberse estancado como animales a los que sorprendió el hambre y la sequía, disecándolos sobre barro reseco y agrietado. Como renacuajos a los que el sol petrifica en su charca evaporada.

Los minutos avanzan con lentitud, como si ellos y su auto fuesen una gota de mercurio dentro del engranaje de una enorme clepsidra. En ese simbólico reloj de agua los segundos evolucionan al revés, en su contra. Además, el motor se está recalentando.

En efecto, de tal forma suele conocerse ese lugar, el *Balneario*. Ciertamente lacónico, según imaginan debe ser. Saben que en otros tiempos fue usado como balneario por familias adineradas y personas cuya salud requería cuidados especiales. Para conocer a sus antiguos usuarios habría que indagar en la aristocracia de principios de siglo, pues a esa época se remontaba la construcción, y en la alta burguesía de las capitales limítrofes. Ahora no es un balneario sino, como les especificaron en la ciudad al darles las indicaciones oportunas, una casa de salud. Pero de salud mental.

Desde el primer instante les llamó la atención ese detalle al efectuar los trámites en busca del permiso para visitar el lugar. Otro detalle. Nadie, en el organismo oficial al que se vieron obligados a recurrir para la obtención de dicho permiso, habló de la función que en verdad cumplía ese lugar: un centro de reclusión para personas con las facultades mentales perturbadas. Nadie pronunció la palabra clave: manicomio. De modo que ellos evitarían mencionarla y asintieron cuando el tipo de la gasolinera habló del *Balneario*. Por cierto que el papeleo para lograr una autorización de visita había sido largo y farragoso. Acaso también más de lo normal. Como si absolutamente nadie estuviese dispuesto a colaborar.

–Es increíble, todo lo concerniente a ese caso parece un puro problema.

–Lo malo es que viene siendo así desde el principio.

Aquello no tenía mucho sentido, pero según se desarrollaban los acontecimientos volvía a ser un dato a tener en cuenta. Aunque no se apercibiesen, empezaba a haber una lógica interna.

Intentan bromear, pasar el rato.

–Nos dirigimos a un sitio donde lo sin sentido tiene un peso específico, ¿o no? Si casi ni viene en el mapa...

–Quieres decir que esa pobre gente está como un cencerro...

–No exactamente. Más bien que lugares como ése consiguen que uno acabe movilizándose en torno a lo sin sentido.

–Por ejemplo nosotros.

–Por ejemplo.

La breve conversación con el de la gasolinera acaeció casi una hora antes de que el milano decidiese no acompañarles ya con su vuelo, como si algo en su instinto animal le dijese «por ahí no». Casi una hora antes de que un feroz y repentino capricho del aire, acaso una hendidura en el seno del mismo, amasara esa curiosa figura que formaba la nube, alejándola paulatinamente. Como si esa forma inanimada e inconsútil tuviese vida propia y prisa por irse de allí.

En el cielo quedaba la blanca y quebrada huella, como el tronco de una oveja que se precipitó al abismo, como el tul de una diosa que danza. Pero ellos no lo ven.

Los kilómetros se suceden y el impresionante paisaje ha vuelto a transformarse ante sus ojos. La roca y grandes bloques de arenisca sustituyen a la escasa hierba ya asfixiada. En los flancos de la carretera se ven acequias vacías. Parece que siempre estuviese así. A la izquierda dejan un quejigal, y a la derecha, lo que hasta entonces eran suaves colinas como ondulaciones en la conciencia de estos páramos alejados de cualquier realidad, son ahora tenues protuberancias con madroños, jaras y tomillo. El azote canicular debe ser muy duro en verano por estas tierras.

Les embarga una vaga impresión de desasosiego, pero ninguno se atreve a comentarlo. Pese a los hondos precipicios que han ido dejando a un lado de la ruta, no están asustados. Por qué habrían de estarlo. Son personas inteligentes acostumbradas a pasar por situaciones difíciles. Pese a ello, uno padece vértigo y de vez en cuando hace comentarios morbosos.

–¿Te imaginas que nos quedamos sin frenos en una de éstas?

El otro contesta que tampoco van tan deprisa, y que con echar el freno de mano, el auto seguramente acabaría por pararse.

–No, yo decía si también se estropease el freno de mano –sugiere quien padece vértigo apartando la vista de la ventanilla por la que iba atisbando tímidamente hasta hace poco.

Una tos nerviosa sacude al conductor, quien hace un mohín arisco:

–Vale de estupideces...

–Menudo día.

–Sí, es una curiosa manera de pasar la onomástica de uno...

–No me digas que hoy es tu cumpleaños –dice el conductor.

–Lamentablemente sí –contesta el otro, y piensa en su esposa y su hija, a quienes apenas podrá ver. La cría le prometió que irían a comprarle un regalo.

Como periodistas de investigación han visto de todo, y de todo han soportado. Lo de hoy no lo consideran arriesgado salvo por esa carretera infernal y sinuosa. Lo de hoy es cansino y desagradable. Únicamente, aunque todavía no lo han verbalizado con sinceridad, se sienten bastante inquietos. Desconocen la causa, y por ello no le dan importancia a esa sensación. Es su instinto lo que les invita a seguir haciendo caso omiso al casi imperceptible latido que ha empezado a sonar dentro de ellos con rítmica y preocupante cadencia. Pero es justo su instinto y su curiosidad lo que los seduce. Tampoco el milano y la nube adivinan, porque no pueden hacerlo, que si esos dos hombres que van en el coche fuesen tan sólo inteligentes, en el sentido que pueden serlo ciertos animales, detendrían en el acto su marcha y acaso con ello cambiarían su destino.

A veces el instinto debiera imperar sobre la razón. A veces.

Hacen un nuevo recuento del material de trabajo que llevan.

–¿Has cogido cintas de repuesto? –pregunta el conductor señalando la bolsa con el casete que descansa entre las piernas del acompañante.

–Llevo sólo un par. Total, para lo que nos va a hacer falta...

Ladea el rostro y mira por el cristal de la ventana. Unas gavillas rectangulares de heno medio deshechas por el viento de la madrugada parecen el último vestigio de que por estos parajes hubo vida, personas.

–¿Y carretes para la cámara?

El aludido se encoge de hombros y esboza una mueca de fastidio. Ya lo hablaron esta mañana. En sitios como al que van no se suele permitir sacar fotos. O únicamente las que los responsables de la institución quieran. Es el pacto. Ya se lo advirtieron.

De hecho, se dan cuenta de que hablan por llenar los silencios espesos y cortantes que se crean dentro del auto, y ante los que parece subir la temperatura. Es precisamente eso que flota en el ambiente lo que les impide mantener una conversación normal y coherente. Están sumidos en sus propios pensamientos.

El conductor piensa, y lo hace por enésima vez, que esta misma mañana se hizo un corte considerable en el pómulo con la cuchilla de afeitar. Empezó a sangrar. No encontró yodo, así que utilizó agua, manos, papel higiénico, algodón. No cesaba la pequeña y absurda hemorragia. De pronto una gota cayó perpendicular sobre el blanco inmaculado del lavabo. Vio un charco rojo, como diminuta lombriz contrayéndose sobre sí misma. Sintió un conato de mareo. Había cenado poco la víspera. Y bebió vino rosado, que siempre le sienta mal, produciéndole jaqueca. Finalmente logró detener la sangre poniéndose agua oxigenada, cuyo frasco apareció en un extremo de la estantería de cristal.

Ahora lleva la mirada fija en la parte superior del volante y ve una carretera recta, polvorienta, que va ascendiendo de modo apenas perceptible. Que recuerde, es la primera vez en años que se corta de ese modo afeitándose. De ahí el sentimiento de absurdo. Suele ser sumamente cuidadoso con su piel. También, que recuerde, es la primera vez en muchos meses, incluso años, que ha tenido una pesadilla. La culpa fue quizá de cierto reportaje televisivo emitido en la sobremesa, varios días antes. Allí se veía la parada nupcial de dos escorpiones del Alto Volga, unos bichos inmensos con extremidades tan retráctiles y viscosas, de un negro tan metálico que imponían respeto. Fue un sueño horroroso.

Pensó en lo curioso de que los sueños a veces ni siquiera se puedan recordar. Pero las cosas más importantes de la vida suelen ser invisibles e inasibles. Notamos la alegría en todos y cada uno de los poros de la piel, y sabemos que la tristeza se expande por las venas. Ni una ni otra se ven ni se tocan.

Simultáneamente, su acompañante piensa que esta mañana no está centrado. Cree que se debe al madrugón. En el bar cercano a la redacción de la revista, donde precisamente habían quedado, se manchó la camisa al introducir un terrón de azúcar en el café. Siempre lo depositaba con cuidado, casi a ras de la superficie, pero hoy lo dejó caer desde más altura. Tal vez dos o tres centímetros. Le salpicó. Desconcertado, revolvió durante largo rato el café, cosa que tampoco hacía nunca. Efectuó ese gesto como si intentara disolver ahí algo que le preocupaba.

Horas antes soñó que subía por unas escaleras que iban desvaneciéndose tras él. Cuanta más velocidad imprimía a sus piernas en esa agotadora ascensión por los interminables escalones, más rápidamente desaparecía el suelo en su estela. Tras de sí se hacía el vacío, y éste estaba a punto de tragárselo.

También él medita en torno a algo similar a lo de su compañero. El amor inunda nuestro pecho, y la cólera suele nublarnos la visión. Ninguna de esas cosas, alegría, tristeza, amor, cólera, miedo o dolor, pueden ser vistas. Y, a pesar de todo, conforman nuestra existencia.

–Recuerda que tenemos que seguir siempre la carretera que bordea el río –escuchó que le decía el conductor señalando con la cabeza un cauce ya seco, y del que sobresalían orgullosos pedruscos. Cerca había caminos de tierra hacia ninguna parte.

Aunque, absorto, le hubiera respondido:

–Una mala noche, sí.

Sudaban. Hubiesen jurado que, aun sin hallarse enfermos, estaban incubando algo. Quizás una gripe, frecuente en esta época calurosa pero traidora, con cambios bruscos de temperatura y alteraciones del metabolismo.

Inconscientemente disimulan su inquietud, convencidos de que se trata de fatiga. Tal vez fatiga acumulada. Han sido semanas de ajetreo en su trabajo. Intentan templar los nervios, que se agudizan por momentos, creyéndolos incertidumbre por lo que van a encontrarse cuando lleguen al final del trayecto. Las personas acostumbran a negar aquello que no pueden comprender. Y ellos se niegan a aceptar su creciente nerviosismo.

Sin embargo, están tomando conciencia de perder el tiempo. Creen saber con justeza lo que van a encontrar cuando lleguen a ese manicomio perdido en medio de un valle perdido, a su vez, del resto del mundo. En el fondo tienen el convencimiento de que el viaje es inútil. Saben que el paciente al que van a visitar lleva años enteros sin apenas pronunciar palabra. Posiblemente estará recluido ahí de por vida, y su caso parece irrecuperable, según tienen entendido. Se trata de una especie de amnesia hiperactiva que lo tiene postrado en una silla, mirando por la ventana en dirección a los montes lejanos de la sierra, y murmurando tan sólo, cada mucho tiempo y sin que se sepa la razón, únicamente dos palabras: *nos miran*. Así durante más de trece años. Ni una palabra, vocablo o frase más. Ni un gesto especial.

Cuando come lo hace con desgana, seguramente empujado por un fuerte instinto de conservación. Efectúa sus deposiciones en una bacina de plástico que lleva adosada, y tampoco pareció preocuparle o incomodarle nunca el embrutecimiento y la molestia inherentes a tal circunstancia. No tiene lesiones físicas aparentes. Por eso, al principio, su proceso clínico llamó más la atención. Al final los especialistas tuvieron que rendirse ante la realidad de que aquel enfermo era un muro impenetrable.

Mira impávido por la ventana de forma ininterrumpida, sea cual sea la estación del año, hasta que entre dos monjas, al llegar la noche, le levantan para acostarlo en el lecho. Dos veces al día, un rato por la mañana y otro por la tarde, cuando el tiempo lo permite, es sacado al patio a pasear junto al resto de los pacientes. Si se le acompaña, camina. Pero en cuanto le dejan, se detiene. No anda. En el patio no observa lo que ocurre a su alrededor, no se relaciona con ningún enfermo, pese a que con alguno de ellos lleva casi una década y media encontrándose cara a cara varias veces al día por los pasillos, la enfermería, la sala de televisión, donde sea. Es lo que se entiende como un vegetal. Un vegetal que respira, cuyo corazón late y cuya cabeza piensa o parece que piensa siempre. Un vegetal que está vivo, aunque a menudo no dé esa impresión. En los primeros años de reclusión el equipo médico responsable del centro, algunos enfermeros y las monjas se apresuraban a estimularle cuando, de improviso, y por lo general después de estar bastante rato monologando con él, entreabría los labios para decir, aunque en tono muy bajo, las dos palabras de siempre: *nos miran*. Nadie supo nunca a quién se refería. Su absurda insistencia pronto dejó de preocuparles. Pensaron que era un desvarío más de los muchos que se oyen en aquel lugar, algunos de gran empaque. Las actitudes autistas no eran lo más preocupante en ese contexto de deterioro psicológico generalizado.

Lo cierto es que el paciente puso a prueba el temple de un considerable número de profesionales de la psiquiatría no sólo por su actitud desesperadamente pasiva sino porque por aquí, precisamente, había pasado un considerable número de esos médicos. Tal vez demasiados en tan pocos años. No resultaba un sitio grato. Nadie deseaba un destino profesional en un lugar tan apartado de todo. Pero ése era otro detalle más. Tan peculiar paciente, si es que observaba realmente a los médicos, los veía llegar e irse, primero de su pabellón, luego del *Balneario*. Se limitaba a mirar, si es que las veía realmente, nubes fugitivas como zahoríes de cielos invariablemente azules, grises o negros. Cielos que, como él, permanecían siempre mudos.

Al principio, al pronunciar esas palabras había un cierto asombro en su expresión. No temor o sobresalto. Tampoco parecía aguardar respuesta alguna. Únicamente una contenida e indescifrable estupefacción que bien podría ser perplejidad llena de respeto. Como si él mismo fuese el primer sorprendido al decirlo. Pero no tanto porque estuviera refiriéndose a algo o a alguien en concreto, sino por el simple hecho de haber sido capaz de exteriorizar esas palabras.

Se trata de un enfermo peculiar, inclasificable. Pero no especialmente incómodo. Su docilidad, a diferencia de lo que sucede con otros enfermos, no es sospechosa ni interesada. Su comportamiento se desarrolla monótonamente. Es lineal. Simplemente está.

En la documentación del centro se especifica que el paciente R. V. apenas despega los labios, desde hace años, para otra cosa que no sea beber o comer. Algunas noches, años atrás, le oyeron proferir terribles alaridos. No debía de tener dulces sueños. Entonces lo encontraban bañado en sudor y con los ojos abiertos. Por lo general agradece ser sedado vía intravenosa. Así lo corrobora el gesto de inclinar dócilmente la cabeza hacia el enfermero que le atiende. Su nombre es lo de menos. Como si no existiese. En el *Balneario* los nombres cuentan poco. Lo mismo que la edad o lo que uno hacía antes de llegar aquí. Y, sin embargo, tiene nombre y pasado. Las iniciales R. V. delimitan su geografía física y espiritual. Lo demás es superfluo, pues habita el mundo de quienes carecen de identidad. Tiene cincuenta y cuatro años, según consta en la ficha médica. No es viejo, aunque su actitud parece la de un anciano imposibilitado.

La falta de ejercicio físico no ha conseguido engordarle, pues evidencia los síntomas de una alimentación precaria. Al margen de las noches turbulentas, a menudo es preciso inyectarle, cosa que él deja hacer sin inmutarse, sin siquiera enmarcar un gesto de dolor por el pinchazo. Esa pasividad llegó a constituir un reto para varios médicos que pasaron por aquí. Los que se tomaron su caso como algo más personal y emotivo. También es cierto que hizo perder la paciencia a varios enfermeros desaprensivos. Algunos de éstos incluso le maltrataron de palabra, amparados por tan sórdido marco, dado a la impunidad y el abuso. Tanta mudez y tanta inercia los sacaba de sus casillas. Tiempo atrás alteró a alguna monja caritativa y empeñada en sacar de él algo positivo, aunque fuese una mínima reacción ante los estímulos más elementales. Pero todo eso ocurrió en los primeros años, cuando aún había esperanzas de saber qué imágenes ocupaban su mente y por qué se negaba, con su actitud pasiva, a participar siquiera visualmente de las actividades que realizan la mayor parte de los enfermos.

En el lugar al que se dirigen una anciana monja está apurando los últimos momentos de su vida. Ella fue la que durante años cuidó del paciente R. V. Por su causa a veces tuvo cierto tipo de conversaciones con alguna compañera. Apenas unas semanas antes, cuando ya estaba convaleciente pero su estado de salud aún no había experimentado el empeoramiento, mantuvo este diálogo con otra monja más joven:

–Madre, no puede fiarse todo al curso del destino. Usted sabe que a veces hay cosas para las que necesitas la fe, ya que sólo a ella podemos recurrir.

–¿Por qué, hija mía?

–Porque únicamente la fe nos proporciona consuelo espiritual a nuestras dudas, incluso a las nunca contestadas. Las cosas se entienden a través de la fe...

–Sí, pequeña, de acuerdo, pero a veces también ocurren cosas que no tienen explicación. Cosas que si tan sólo nos imagináramos en una mínima parte nos volverían locos y malos, romperían en pedazos nuestra inteligencia, nuestra razón y, aunque te cueste creerlo ahora, también nuestra fe.

–Entonces, Madre, ¿debo creer en aquello que no veo, aunque pueda parecer en esencia maligno?

–Hija, ¿crees en Dios?

–Claro, Madre... ¡Cómo se le ocurre preguntarme algo así!

–Aunque no le ves...

–No, pero es distinto...

–¿Por qué es distinto?

–Nos lo enseña la fe... necesitamos creer en eso. Y sé que Él está ahí...

–Y yo también lo sé, y sin embargo reconozco que no lo veo. Quisiera verlo, pero no me es posible. Dime, pequeña, dímelo con sinceridad: ¿A ti te pasa lo mismo?

–Sí... supongo que sí, Madre, pero si cabe eso fortalece aún más mi fe.

–Cuídate entonces de aquello que tampoco ves...

Todo eso, aunque la joven religiosa no llegara a saberlo, en la mente de su superiora, ahora enferma, guardaba estrecha relación con ese paciente de cuyos cuidados se ocuparon ellas.

Hubo una serie de circunstancias que hicieron que el caso de R. V. fuera lo más espectacular que se recordaba, tanto en el *Balneario* como en la Brigada Judicial a la que perteneció en su día. Aquí llegaban marginados de toda clase, pero no policías, y R. V. era policía. Aquello constituyó una novedad sustancial para el equipo médico que en una primera época planificó lo que se consideraba iba a ser una gradual pero rápida recuperación que, a su vez, despejaría algunos interrogantes. Inspector de la Brigada Judicial en la ciudad, R. V. llegó a ocupar un puesto de cierta responsabilidad dentro de la estructura del Cuerpo. Natural de una localidad del interior del país y de familia obrera, muy joven se había trasladado a vivir a la gran urbe. Allí, poco antes de contraer matrimonio, emprendió su brillante carrera. Primero fue destinado a la sección de Aduanas de una pequeña villa fronteriza. Luego, de nuevo en la ciudad, al Departamento de Estupefacientes. Su hoja de servicios fue creciendo, así como el respeto entre los colegas y la admiración de sus propios superiores. Todos veían sin excesivo recelo cómo R. V. ascendía peldaños en la organización del cuerpo policial. Después pasó a la Brigada Judicial, y al cabo de los años se produjo el hecho que iba a dejar perplejos y abatidos a sus compañeros. Porque serían ellos quienes se encargaran personalmente, así lo solicitaron, del traslado de R. V. desde un hospital psiquiátrico hasta el *Balneario*. Para ellos, sus únicos amigos, fue especialmente duro. Durante varios años algunos seguían visitándole a veces. Luego las visitas cesaron.

–Era un tío legal, muy serio y a veces en exceso reconcentrado, pero legal –les advirtió un antiguo compañero al que habían recurrido.

–Sí, pero un tío legal no hace lo que él hizo –le insinuaron con discreta convicción.

–Eso no tuvo sentido, no lo tuvo –se lamentó el policía en un murmullo dubitativo. Luego pareció abstraerse en sus propios pensamientos.

»Hay gente que, por a saber qué razón, decide llevarse sus secretos a la tumba –se oyó de nuevo al policía, pero la frase sonaba a un intento de desviar la conversación. No iban a permitírselo tan fácilmente.

–Pero es que su amigo no se lo ha llevado a ninguna tumba. Sigue vivo.

Por respuesta obtuvieron una mordaz y triste mueca que pretendía ser de forzada cortesía. También dos palabras significativas.

–¿Ustedes creen?

Había causado auténtica consternación que el inspector R. V., en lo que según todos los indicios se trató de un caso de aparente y súbita locura, quisiera acabar con su familia. Así lo demostraba lo ocurrido la noche en la que utilizó su arma reglamentaria, una pistola automática Baretta con munición de 9 mm, contra su mujer y su hijo, de treinta y siete y catorce años, respectivamente, disparándoles en la escalera del inmueble donde vivían. La esposa resultó herida de bala en un hombro, con lesiones de pronóstico reservado, y el chico salió ileso milagrosamente al refugiarse en casa de unos vecinos.

La puerta metálica del ascensor, abierta fortuitamente por un vecino en un rellano, dio con el agresor de bruces en el suelo, y por fortuna impidió que éste acabase con la vida del chico. Aquel rellano del cuarto piso presentaba aún tiempo después numerosos impactos de bala en techo y tabiques.

Tras vaciar un cargador entero, y con el consiguiente escándalo en todo el barrio, R. V. quedó inerte en la escalera, tembloroso, pálido y con la espalda apoyada en la pared, como en posición de loto. Hubo gritos, portazos. Alguien acudió al teléfono mientras aún olía a pólvora quemada y la pavorosa reverberación de las detonaciones parecía expandirse tenuemente a modo de ondas decrecientes por el resto de pisos y rellanos. A los pocos minutos llegaba una patrulla para llevárselo detenido. No opuso resistencia. Entonces ya se había roto algo en su interior. La flor de loto humana y llorosa acababa de quebrarse como frágil tallo del hibisco al que golpea la granizada. Nadie entendía nada. No habló en los interrogatorios, pero consiguió desesperar a sus compañeros. Tampoco habló en el juicio. No se supo por qué había hecho aquello. Su acto carecía de sentido. Su actitud posterior ayudó bien poco a quienes pretendían hacer algo por él. Más bien al contrario, complicó las cosas hasta el límite. Si se decidió trasladarlo a un sitio tan apartado como el *Balneario*, distanciamiento que en efecto lo alejaba de cualquier centro urbano pero también de la vida real, fue justamente porque éste era un lugar ideado para enfermos con crisis violentas, lo que suele entenderse comúnmente como «locos peligrosos».

R. V. no lo era, al menos no a tenor de su comportamiento diario a lo largo de años de reclusión y convalecencia, pero sí lo había sido durante escasos minutos cuando algo le impulsó a disparar contra su propia familia. Luego, pese a su apariencia inofensiva, y precisamente a causa de tan inexplicable y mortificante mutismo, se barajó la posibilidad de que pudiera volver a recaer en una de esas crisis. Quizás había una posibilidad entre cien, o incluso menos, pero en cualquier caso parecía lo suficientemente amenazadora. Para un hombre de acción como él, experto en artes marciales, de complexión fuerte y acostumbrado a las armas, no supondría excesivo problema fugarse de un manicomio normal. Por eso el juez del caso creyó conveniente internarlo en un centro especializado que estuviese lo más apartado posible. Lo sorprendente iría consumándose después, con el paso de los días, de las semanas, de los meses: R. V. no reaccionaba. Permanecía en una especie de estado catatónico, pero con los ojos abiertos.

La vida de R. V. estaba destrozada, y también la de sus seres queridos. La esposa acabó yéndose a vivir con su hermana a una provincia del sur. El chico pasó cierto tiempo con unos familiares y posteriormente fue a la universidad de la capital a estudiar medicina o farmacia. Eso les dijeron algunos vecinos que recordaban el suceso y con los que pudieron contactar al decidir hacer ese reportaje.

–En la época inmediatamente posterior a aquello –les comentó la dueña de un supermercado próximo– a esa pobre familia pareció caérsele el mundo encima.

–Sobre todo a la mujer. Que se pasaba los días llorando –añadió una vecina.

–Lo del marido les marcó para siempre, y nosotros nos veíamos incapaces de levantarles la moral, aunque el chiquillo se mostró siempre muy fuerte, muy entero... –dijo el del quiosco de la esquina.

Sin duda, lo ocurrido marcó al barrio entero.

Ahora acaban de cruzarse con un cartel romboidal de color anaranjado en el que pone el nombre de la institución psiquiátrica a la que están a punto de llegar. También leen una cifra: 5 km. Tan sólo esa breve distancia les separa del singular testigo y protagonista de un caso único, nunca cerrado y por esa misma causa apasionante. Cinco kilómetros para la previsible decepción o quién sabe si para encontrarse alguna sorpresa. Ambos anhelan que llegue ese momento. Pero están alterados. Ninguno lo menciona. Prefieren pensar.

Lo que en su momento llamó la atención a compañeros y jefes, desconcertándolos por completo y logrando que las investigaciones pertinentes se convirtiesen a menudo en un puro desvarío, fue la serie de notas que al parecer el inspector R. V. tomó con su habitual diligencia, unas veces a mano y otras a máquina, y que fueron encontradas en uno de los cajones de su despacho horas después del suceso. Notas inconexas la mayor parte de las ocasiones, cuando no de imposible comprensión, que nada tenían que ver con lo que era su trabajo diario. Tampoco a nadie le constaba que en su vida privada o en su pasado inmediato se hubiese interesado lo más mínimo por ciertos temas relacionados con la óptica. Y es que se trataba de anotaciones como ésta:

«Procesos visuales ocultos. Existencia de varios subsistemas especializados, dentro del espectro de la visión, cuyas operaciones permanecen aparentemente al margen de la conciencia del propio observador. Personas con lesiones cerebrales que miran un punto luminoso, pero son incapaces de verlo. Estímulo denominado isoluminante, imágenes cuyos bordes están definidos por cambios de color y no por cambios de claridad. Experimentos que demuestran el hecho de que el proceso cerebral responsable de la acomodación, o sea, el enfoque de los ojos, no puede ver el color, pues se trata de un proceso oculto, distinto del proceso perceptual.»

Aquello no parecía en absoluto lógico. Y, por más que lo disimulaban, recordar o leer dichas anotaciones terminaba por sumirles a ambos en el desconcierto, como anteriormente sucedió con los compañeros policías de R. V.

–Oye, ¿y si los apuntes no los hubiese redactado él? –preguntó de repente el conductor mientras encendía un cigarrillo.

–Se hizo una prueba caligráfica corroborada por expertos, no lo olvides.

Era un tema zanjado, aunque dejase tras de sí grandes lagunas.

–Bueno, pero ¿y si se hubiese limitado a copiarlas de alguna parte, si...?

–Es que eso fue lo que hizo –le cortó su interlocutor de modo casi brusco–. Eso tuvo que ser precisamente lo que hizo. Pero sigue faltándonos el porqué.

Las manos del conductor empezaban a humedecer el forro poroso de piel marrón que cubría el volante.

–Igual le dio por algo así como pudo haberle dado por copiar otra cosa –volvió a la carga con un hilo de voz mientras expelía su primera bocanada de humo.

–No seas ingenuo.

Sonó como una sentencia clarificadora y realista. Pero ahí, en la carpeta de quien acaba de pronunciarla, se acumulaban esas notas escritas en pequeños papeles ordenados cronológicamente y que no parecían tener hilazón ni finalidad, por lo que seguía pareciendo imposible interpretarlas correctamente. Notas que podían acabar de la siguiente manera:

«Concepto de infinito óptico. Dadas dos lentes con un cristalino ocular situado entre las mismas, si el estímulo u objeto que pretende verse está más lejos que el infinito óptico, los rayos de luz convergerán al acercarse el ojo, y el cristalino será incapaz de reducir su curvatura hasta el grado requerido, enfocando los rayos delante de la retina. Por lo tanto, y esto es lo importante, un estímulo más lejano que el infinito óptico no se puede enfocar. Para percibir la profundidad tridimensional, el sistema visual binocular busca partes comunes y ligeras diferencias entre detalles de las imágenes de cada ojo. El proceso puramente binocular puede contribuir a esta búsqueda. Sin embargo, la percepción visual no puede basarse, de forma exclusiva, en la señal de salida de un proceso escuetamente binocular. Si de tal modo fuera, todas las partes desiguales de las dos imágenes retinianas desaparecerían.»

–Tiene gracia el asunto. Un poli dándole al coco con cosas así –dice en voz baja uno de ellos.

El del volante hace tamborilear sus dedos sobre la curva superficie ahora recalentada por el sol:

–A veces tengo la impresión de que ese tipo intentó burlarse de alguien.

–Como no sea de nosotros, aun con efecto retardado...

El otro duda y luego repone:

–Burlarse no sería la palabra adecuada. Me refiero a si no querría... despistar.

–¿Quieres decir que todas esas anotaciones podían ser una tapadera?

–Es una simple intuición, pero por ahí va la cosa –después suspira encogiéndose de hombros y con la mano izquierda coloca correctamente unos pañuelos de papel que sobresalen de la guantera situada en la puerta.

Por espacio de varios meses los compañeros del departamento en el que R. V. trabajaba tuvieron oportunidad de releer hasta la saciedad, atónitos, esa serie de notas. Incapaces de descifrar su significado, aunque lo cierto era que a tenor de lo hecho por R. V. aquella trágica jornada siempre dudaron de la existencia de tal significado, acabarían por recurrir a expertos en la materia. Eran anotaciones relativas a ciertos procesos oculares para cuya gestación R. V. sin duda había tenido que investigar y ponerse al día de un modo concienzudo, ya que en algunas de ellas se hacía eco de descubrimientos y teorías relativamente recientes dentro de la investigación de elite de un campo específico que va evolucionando día a día.

Ellos, una vez tramitadas las autorizaciones pertinentes, también habían tenido acceso a tales notas. Incluso se les permitió sacar fotocopias de las mismas. Pero para ellos, como para todos los demás después de sucesivas y arduas lecturas, no suponían nada coherente, y mucho menos clarificador, de cuanto rodeó al inspector R. V. en la época inmediatamente previa a su acceso de locura, que acabó reduciéndolo todo a un sórdido e indescifrable rompecabezas. De hecho, y como periodistas especializados, el tema que les interesaba era justamente aquel en el que R. V. había estado trabajando intensamente por encargo de su superior directo, un comisario-jefe que por cierto falleció varios años después en un accidente de automóvil, durante las semanas y meses previos a esa especie de colapso mental del que aún parecía no haber salido, y sobre el que se tenían fundadas sospechas no llegase a salir jamás.

Se trataba de un tema inquietante, tenebroso. Periodísticamente apetecible pero también resbaladizo y proclive a espúreos sensacionalismos. Había que ir con tiento a la hora de abordarlo.

Los acontecimientos, aunque relativamente próximos en la memoria de quienes los conocieron, quedaban tan alejados en el tiempo que ellos mismos, los ocupantes del coche que ahora se disponía a enfilar la última y más escarpada pendiente antes de divisar la gran puerta metálica de entrada al *Balneario*, eran aún demasiado jóvenes para recordar los pormenores de un suceso que no ocupó más que unas pocas líneas en los periódicos de aquellas fechas.

Fue un suceso más. Así pareció en su momento.

La dirección de la revista a cuya plantilla pertenecían, una entre varias de las que conformaban cierto potente grupo editorial, los designó hace tres años responsables del Área de Investigación y Reportajes. En esos años, intensos y llenos de éxitos periodísticos, habían conseguido, además de algún que otro premio, una decena de exclusivas de relevancia. A veces jugaron con fuego, como solía decirse en el medio. Cuando fallaron fue porque los contactos establecidos no respondieron como se esperaba, o las fuentes de información no eran todo lo fiables que podía suponerse en un principio. Formaban, junto a otros varios colaboradores de los denominados «móviles» por su ubicación geográfica y la versatilidad de temas en los que pueden trabajar, un perfecto y eficaz equipo de trabajo.

Pero ahora entran con el coche por la gran puerta principal de hierros negros forjados. Simultáneamente tienen un presentimiento, aunque ambos comentan cualquier bagatela sin importancia: «Por fin». Y luego:

–No pienso volver aquí ni loco...

–Ése es un chiste de pésimo gusto.

Un obeso y entrecano enfermero lee con atención el permiso de visita. Está en regla. Va a la cabina acristalada de la que salió para atenderles y efectúa una llamada mientras se acaricia el lóbulo de la oreja. Si les obligasen a definirlo, dirían que el presentimiento que acaban de tener es impreciso. Ni malo ni bueno. A lo sumo se trata de que algo les incomoda. Aquí y allá, en sendos parterres, una tenue brisa agita las orgullosas jaras. Pueden pasar.

Durante varias decenas de metros van bordeando un alto muro de ladrillo con vestigios de humedad. Por cierta zona del muro en fase de reparación se ven partes de un sendero ignoto que debe conducir al bosque. Lo comentan con un breve intercambio de palabras: todo en este lugar es bello y a la vez decadente. Los setos de tejo y zarzales entre los que arbustos achaparrados de color amarillo pálido introducen un toque anárquico en lo que, al menos de intención, tuvo que ser una cuidadosa y planificada labor de jardinería. El estanque en forma renal, ahora vacío y rodeado de espigas que parecen salvajes, como salidas de la piedra. A la izquierda, un macizo de flores perennes, restos de buganvillas y adelfas. A la derecha, protegiendo una mesa con sus correspondientes sillas talladas en madera de pino, una pérgola parcialmente cubierta de rosales trepadores. Todo parece suspendido en una especial armonía. Sin embargo, el silencio inunda hasta el más mínimo rincón.

Creen saber lo que les llamó la atención hace unos instantes: ese hedor recóndito, apenas perceptible, acaso proveniente de más allá del muro encalado y mohoso, que entró en el auto en cuanto bajaron la ventanilla para hablar con el enfermero de la puerta. Quizás huela a verduras guisándose en alguna cocina próxima. O a desinfectante. O a todo mezclado, piensan. Eso debe de ser.

Es como si en algún lugar de esta comarca hubiese un secadero de arenques.

Quien va en el asiento del acompañante se pone en tensión de modo instintivo cuando ve la fachada del *Balneario*. El auto avanza por una alameda con bancos pintados de verde y depauperados abedules en los flancos. Se oye un monótono tañido de campanas que proviene de una capilla adyacente. Ahora ven las campanas. Están inmóviles y sin embargo ellos aún tienen la sensación de que suenan. Es la pulcritud casi alarmante de esa fachada, con sus columnas de mármol desvaído, que tuvo que ser blanco luminoso pero ya es casi magenta, la que consigue ponerlo nervioso con su severa y aséptica apariencia hospitalaria, sólo rota por dos tentáculos de hiedra que ascienden en oblicuo por uno de los muros. Aunque no sabe la razón, piensa fugazmente en la mancha de su camisa, que se hizo esta mañana en el bar por culpa del terrón de azúcar.

Esa mancha tiene forma de octaedro, y lo raro es que parece que se expanda. La superficie es ligeramente mayor que horas atrás. Desconoce la causa. Menos mal que su tono marrón suave sobre el color crema de la camisa hace que no se vea demasiado.

Un enfermero, éste de más edad y con gafas, sale a recibirlos mientras bajan del auto. Ven una fuente y una especie de parque, con sus bancos y desniveles. Distinguen madreselvas y gencianas, aunque aparentan algo mustias. También se divisa, hacia poniente y en lo alto de una escarpada loma, lo que parece un encinar solemne, aislado.

De allí, sorprendiéndolos, llega otra vez un graznido seco. Podría ser un sonido puramente irracional. O un aviso. O puede que ni siquiera sea un graznido, o que sea eco. Quizás una pieza metálica que roza en alguna parte. Algo que se ha roto, que está rompiéndose. Quizás.

El enfermero les habla, distrayéndolos. Las nubes flotan en el aire. Desaparece ese hálito hediondo que les perturbaba. A ambos lados de la escalinata principal alguien plantó aspidistras y margaritas, que sin duda alegran el lugar. Incluso en pleno corazón de la demencia y la decrepitud siempre hay una mano que busca el consuelo a través de la belleza de las flores. En la mecedora de mimbre situada en un extremo del porche, a la entrada de lo que parece un amplio salón, dormita una anciana. La aguja de tejer y una madeja de lana descansan entre su regazo y la mano huesuda, inocente, blanca. Desde el alféizar de una ventana del segundo piso un tipo les sonríe. Es ésa una sonrisa neurótica y perdida. Múltiples sombras se escabullen tras los vidrios opacos de la puerta por la que entran.

Mereció la pena venir hasta aquí, piensan casi al unísono. Y al mismo tiempo: nunca debiéramos haber venido.

También el enfermero que camina un par de metros delante de ellos se hace la pregunta: ¿merece la pena que alguien en su sano juicio venga hasta aquí?

Llevaban demasiado tiempo dándole vueltas a este trabajo. Para ellos no se trata de un artículo más, a pesar de la información que ya poseen, cuantiosa y, en lo relativo a algunos datos, incluso sorprendente. Tienen un especial interés en este reportaje desde que supieron de la extraña e inexplicable forma de actuar del antiguo inspector de policía, y del proceso que le llevó a una reclusión que se preveía de por vida en el *Balneario*. Fue el actual comisario-jefe de la Brigada Judicial, que entonces era inspector como R. V., quien lo mencionó de pasada en una charla reciente. Luego insistieron, extrañados, y el comisario les puso al corriente de lo ocurrido, pero dejando muy claro que para él, pese al tiempo transcurrido, seguía siendo un asunto doloroso y enigmático a partes iguales.

Ésta era la secuencia de los hechos: el inspector R. V. estaba trabajando en un asunto que suele traer bastantes problemas a la policía de cualquier época y de cualquier país: los desaparecidos. Pero no aquellos que han sido secuestrados de sus hogares o trabajos por motivos políticos, a los que la terminología inglesa denomina *missing* cuando se trata de secuestros por parte de militares o grupos gubernamentales paralelos. Lo que R. V. investigaba tenía relación con el tipo de desaparecidos mucho más cotidiano, que también engloba el *missing* inglés, aunque sin acabar de matizarlo: los ausentes. Esas personas de edades diversas y recursos económicos variables, así como de dispar condición socio-cultural, que un buen día dejan su casa o su lugar de trabajo para no regresar nunca.

«Voy a por tabaco.» «Sí, de acuerdo.» «Llegaré para la hora de cenar.» Y jamás lo hacen. Como si se los hubiese tragado la tierra. O disuelto en un líquido misterioso. O evaporado en el aire.

A menudo los periódicos y revistas se refieren a esos desaparecidos dando escueta cuenta de sus nombres, edad, ropa que vestían en el momento de la desaparición y alguna característica psicológica al estilo de «tiene mermadas sus facultades mentales». Poco más, y desde luego nunca nada tranquilizador. Se trata, la mayoría de las veces, de personas de conducta inestable a las que sus familias por innumerables razones no han dado el tratamiento psiquiátrico que quizá requerían.

–Puedo asegurarles que en lo que a mí respecta, llevo viendo mucho tiempo cosas raras –les explicó el comisario con convencimiento pero en tono desapasionado–. Esto sigue desconcertándome cada vez que pienso en ello. No hay nada más duro de soportar que la incertidumbre y angustia de las familias. Esa falta de datos y pistas a seguir te aniquila.

–Y el inspector llevaba mal el asunto...

–En la última época sí. Intentamos que se olvidara, pero ya estaba lanzado.

–¿Lanzado?

–Sí. Es como si le fuese la vida en ello.

Aunque en la mayoría de tales casos, les dijo el comisario, los fugados y posteriormente desaparecidos son personas muy jóvenes, tanto chicas como chicos, que deciden abandonar sus familias y lugares de residencia, o ancianos con problemas psicológicos graves, amnesia y depresión por ejemplo. Esto ocurre indistintamente en las grandes ciudades y en el medio rural. La diferencia estribaba en que en las dos últimas décadas el número de personas desaparecidas en las ciudades había aumentado de forma preocupante, superando, en proporción, a las desaparecidas en pueblos o aldeas. La propia macroestructura de la ciudad, antropófaga con los débiles, dificulta las tareas de seguimiento de la Policía.

–La cosa no tiene explicación, pero así es... –les indicó en un determinado momento de sus gestiones otro inspector antiguo amigo de R. V.–. Exclusivamente una sociedad como la norteamericana Tracers Company detecta una cifra asombrosa de desaparecidos al cabo del año. Desapariciones sin lógica.

–¿Cifra asombrosa?

–Sí. Elijan un año al azar –pareció encararse con ellos el inspector.

–Pues 1965 –dijo uno de ellos tras dudar varios segundos.

El policía se levantó y fue a un pequeño archivador. Ahí separó una serie de fichas y eligió una. Después leyó:

–Según la Tracers Company, sólo en Estados Unidos, en 1965 desaparecieron cuatro millones de personas.

Parpadearon, incrédulos.

–De esos cuatro millones, entre un millón y ochocientas mil personas son consideradas como desaparecidas sin lógica. Nunca vuelven –recalcó.

Uno de ellos no daba crédito a la información, aunque era rigurosamente cierta. El otro se empeñó en que esas cifras tenían que rebajarse con el paso del tiempo.

–Y aunque así fuera –dijo el inspector–, ¿calculan cuántas personas desaparecen sin dejar rastro?

Ambos debieron de poner cara de bobos.

–Créanme, es una verdadera tortura para nosotros. Un enorme problema.

Fue más o menos aquélla la época en la que el comisario-jefe les explicó que en la Brigada existía un departamento dedicado exclusivamente a los casos de desaparecidos, sección específica de la que uno de sus principales impulsores, quince años atrás, fue el inspector R. V. hasta que en su interior se consumó lo que los médicos denominaron una «disfunción mental paranoico-agresiva con resultado de grave peligro para sus semejantes, así como susceptible de nuevos e imprevistos accesos o recaídas en el futuro». En la actualidad este departamento lo componían seis inspectores, cuatro funcionarios y un número variable de agentes de calle. También disponía de un servicio de documentación altamente informatizado y todos los medios técnicos a su alcance.

Casi tres lustros antes, no obstante, eran sólo tres los inspectores que se encargaban del recién creado departamento. R. V. fue el primer responsable directo. Los otros compañeros, les había dicho el comisario-jefe, no creía les fuesen de mucha utilidad para la elaboración del reportaje ya que ambos, al poco tiempo de ocurrir aquello, habían sido destinados a ciudades lejanas y con objeto de ocuparse de otras funciones dentro del Cuerpo. R. V. llevaba el peso de la investigación. Él estudiaba y clasificaba la información, trabajaba en los archivos. También era él quien se ponía en contacto, personal o telefónico, con las familias afectadas por el problema, lo cual solía tenerlo constantemente desasosegado.

Tras una ardua indagación y un buen número de llamadas, lograron localizar a esos dos inspectores en sus nuevos destinos. En efecto, no podían aportar información novedosa al asunto. Al menos ninguna que no les diera ya el comisario-jefe de la Brigada Judicial durante las dos entrevistas que mantuvieron, y en las que estuvo cortés y paciente. Saltándose un enojoso y dilatorio trámite burocrático, incluso les mostró el Archivo de Desaparecidos de los cinco últimos años. Asimismo pudieron atisbar los lomos de los numerosos cartapacios con casos más antiguos.

De pronto se encontraron frente a un monumental Museo de los Horrores que se plasmaba en una sucesión de rostros anodinos y vidas literalmente desvanecidas. Aquello acabó de convencerles de que tenían que realizar dicho reportaje. Aquello y el sorprendente descubrimiento de las notas que en la última época realizaba R. V., esas reflexiones o más bien transcripciones, de carácter tan hermético. El comisario-jefe les permitió sacar fotocopias de las mismas porque, dijo, tanto para él como para los restantes miembros del Departamento tenían un estricto valor sentimental, aunque no por ello dejaban de ser algo anecdótico. Constituían la parte más compleja del puzzle en el que tuvo que convertirse la conciencia del inspector R. V. en aquellos momentos críticos.

Ahora, ya en el interior del *Balneario*, llevan consigo esas fotocopias. Incluso, en una parada que hicieron a mitad del camino, las han sacado unos minutos para repasarlas, como tantas y tantas veces hicieron en los últimos días, convenciéndose de que sólo una mente en fase de creciente trastorno puede interesarse por cosas así, siempre que no pertenezcan a su ámbito de investigación científica.

¿Cuál podría ser, aun tangencialmente, la relación entre aquellas frases y la vida concreta que llevó R. V. en sus últimos días de libertad? De un lado el comisario-jefe les hablaba del interés prácticamente enfermizo del citado inspector hacia el tema de los desaparecidos, y de otro se topaban con esto, una rareza científica en sí misma. Por su parte el comisario especulaba encogiendo los hombros:

–En algunas grandes ciudades sucede en el Metro: entra más gente de la que sale. Nueva York, Tokyo, Moscú... –permaneció unos instantes silencioso para luego seguir–: Se colocan aparatos especiales con células fotoeléctricas y lo último en tecnología punta, sensores muy delicados. No hay sitios por donde escapar. Si has entrado en el suburbano y tu presencia fue registrada por la máquina, tu presencia debe aparecer más tarde. Pues no. Entran mil, salen novecientos noventa y siete.

–Increíble –habían exclamado como si acabasen de tener idéntica idea.

–Peor aún, inexplicable –apostilló el policía con una modulación de voz que estaba entre el abatimiento y la resignación, pero más cerca de esta última.

En efecto, resultaban inexplicables notas así: «Interpretación de las ilusiones ópticas. Aparentemente el sistema de la visión organiza imágenes retinianas ambiguas que según las reglas de inferencia se aprovechan de ciertas regularidades del mundo exterior. La visión como proceso inferencial. Lo que se ve cuando miramos en derredor depende no sólo de las cosas visibles, sino también de cómo organiza nuestro sistema visual las imágenes que impresionan las retinas. Aquéllas tienen una cierta ambigüedad que nace, en parte, de la tridimensionalidad del mundo, en tanto que cada imagen retiniana es esencialmente bidimensional. Descubrir el mundo en su totalidad tridimensional requiere que el sistema visual efectúe algunas inferencias bastante complejas, inferencias que en su mayoría se realizan sin que caigamos en la cuenta de ello».

Ahora, luego de hacerles caminar por una sucesión de angostos pasadizos, les han conminado a esperar en una sala. Hay revistas de crucigramas y periódicos atrasados. Se les dice que alguien vendrá enseguida a atenderles. Por un pasillo lateral pasa una monja de ojos saltones y nariz chata. Les saluda amablemente con una inclinación de cabeza, sin demostrar la curiosidad que sin duda debe de sentir por la presencia de visitantes. Pero se la ve preocupada y cabizbaja. Lleva unos frascos en la mano. Va con prisa.

Aprovechan, en silencio y como contagiados de la seriedad del ambiente, para efectuar un sincero y rápido repaso mental al asunto que les ha llevado a ese sitio. Tanto uno como otro estudiaron a fondo aquellas notas en un intento de imaginar qué podían significar para R. V., incluso como secuela de una supuesta investigación simultánea o adyacente. Las habían repasado hasta memorizar cada concepto vertido en ellas, y a menudo incluso las palabras exactas. Después de todo, al igual que ocurría con los supuestos motivos que impulsaron a aquel hombre a hacer lo que hizo, o como sucediese con el propio tema de los desaparecidos, se rendían, sabedores de la carencia de respuestas válidas, a la incertidumbre amarga y frustrante de la que les hablasen los policías.

Pero, por encima de todo, había empezado a obsesionarles la vida propia e intangible de esas palabras que seguían ahí, desafiantes y crípticas:

«Geometría diferencial de las superficies. Explicación del fenómeno de la tranversalidad, que no es sino un modo de regularidad comúnmente observable en el mundo exterior y que subyace a una explicación unificada de varias ilusiones ópticas. La visión como proceso activo cuya función consiste en inferir descripciones útiles del mundo, que percibimos a partir de los cambiantes haces luminosos que inciden en las retinas. Pero estas descripciones son sólo fiables en la medida en que los procesos inferenciales que las construyen explotan regularidades que se dan en el mundo visual, tales como la rigidez, la planaridad y la transversalidad.»

Un año de seguir el caso, de asesorarse y leer, y ni la más mínima hipótesis respecto a qué pudo interesarle al inspector R. V. de todas estas teorías referidas a la óptica en sus múltiples aplicaciones o enfoques. Y, lo que resultó harto descorazonador en su momento, ni el más remoto indicio de la posible relación entre estas investigaciones, que sin duda R. V. efectuaba por cuenta propia consultando manuales técnicos, revistas científicas o libros especializados, y el tema concreto de los desaparecidos, al que, en opinión generalizada entre los compañeros, dedicaba todos sus esfuerzos. Lo que parecía obvio es que llevaba esa línea de trabajo hasta unos extremos limítrofes con lo obsesivo.

–Es curioso –les comentó el comisario-jefe en la segunda de las entrevistas que mantuvieron–, pero en su casa no apareció ni un solo texto relacionado con esas extrañas historias de óptica. Ni uno.

–Entonces, todo ese material...

–Estaba en los cajones de su despacho, aquí, en la oficina. De dónde lo sacó, no lo sabemos. Pero sí sabemos que sus cajones eran el destino de tales incursiones bibliográficas. Por desgracia, no hizo partícipe a nadie de sus desvelos...

Del cúmulo de investigaciones de índole estrictamente policial efectuadas por R. V. se colegía algo preocupante en extremo: cientos de personas desaparecen al cabo del año en el país, en la mayoría de los países, recalcó el comisario-jefe, aunque la mayor parte de los casos suelen acabar solucionándose. Algunas veces las estadísticas alcanzan cifras sorprendentes y aterradoras, cifras que superan lo imaginable, como aquella que les mencionase de Estados Unidos. La Policía, dijo, acostumbra a actuar permanentemente desbordada para resolver el problema, máxime porque una proporción considerable de dichas desapariciones son voluntarias, es decir, de gente que decide huir de sus casas y prepara concienzudamente su fuga. No dejan rastro, salvo los posibles errores que cometan en la huida. Sean hallados o no, está claro que decidieron irse por desavenencias familiares, sentimentales u otros motivos de fuerza mayor.

Después está el grupo de desaparición que la Policía considera de difícil seguimiento técnico, ya que hay involucradas terceras personas especializadas justamente en borrar huellas, falsificación de documentos, sacar gente al extranjero, etc. Afectan sobre todo a mujeres jóvenes, y detrás suelen estar las redes de trata de blancas o el narcotráfico. Sólo ese asunto sucio y lamentable, dijo el comisario, requeriría la dedicación completa de toda una Brigada, cosa imposible por razones de infraestructura humana, pues el mermado organigrama del Cuerpo no lo permitía.

–Operativamente hablando –añadió cansinamente–, estos casos son un desastre. Desaniman al más tenaz. Siempre te quedas con un palmo de narices. Tiras del hilo, tiras y tiras y, cuando crees que ya tienes cogido el tema, se esfuma.

Un tercer grupo de desaparecidos, también bastante amplio, lo conforma gente de muy diverso signo cultural y variopinta extracción social. A partir de ahí, según el comisario-jefe, comenzaba el problema dentro del problema. El verdadero problema. Tras esos grupos perfectamente definidos y clasificados, tanto social como psicológicamente, quedaba otro grupo, pequeño en número pero que al cabo del año reunía a varias decenas de personas. A demasiadas decenas de ellas. En la Policía solían llamarlos los «raros». Se trata de gente que en buena lógica no tiene ni un solo motivo sólido para fugarse, es decir, para desaparecer sin avisar siquiera a sus alarmados parientes al cabo de unos días, y que sin embargo lo hace. Por lo general no dejan ni una pista, ni el más leve indicio de por qué lo han hecho, ni de dónde han podido ir.

Algunos casos son en verdad sorprendentes. Personas que están en su trabajo y bajan a la calle a tomar un café o van a hacer un recado. No vuelven. Niños o jóvenes que en el breve trayecto de sus casas a un comercio cercano se volatilizan literalmente. Adultos que salen por unos momentos y jamás regresan. Sus autos siguen ahí, no han tocado el dinero de sus cuentas corrientes, ni tan sólo acuden al cajero automático del banco, por ejemplo, cosa que sin duda haría alguien que planificase racional o mínimamente su huida. Nadie les ha oído. Nadie les ha visto. Se van con la ropa puesta y a menudo, según testimonio de las familias, indocumentados y sin dinero. Como dijo el comisario, son los que se van sin el cepillo de dientes.

Para la Policía eran los «raros» por lo inexplicable de su actitud, pero sobre todo, y ahí el dramatismo del caso, porque son los que nunca vuelven a aparecer. La propia Interpol, organismo con el que el Departamento solía colaborar de vez en cuando, se confesaba impotente para resolver con éxito la mayor parte de estos casos. El comisario-jefe, circunspecto y resignado, les especificó la estadística del siguiente modo: de cada diez desaparecidos, seis aparecen o son hallados al cabo de cierto tiempo. Dos, transcurrido ese espacio de tiempo aún no han dado señales de vida, aunque lo harán tarde o temprano. «Ya tenemos ocho», puntualizó poniendo especial énfasis al citar la cifra. Las posibilidades de dar con el noveno son prácticamente nulas, dijo, porque se cuenta con la certeza de la eficacia de esas redes y organizaciones expertas en ocultar gente y hasta en cambiar identidades. Pero de tanto en tanto, incluso por azar, como secuela tentacular e inesperada de una investigación rutinaria, sí aparece alguna de esas personas. Aunque sea años después.

Pero sigue quedando uno, el último, el que no vuelve.

–Aquí es donde, cada vez que ocurre, se nos desmonta todo el castillo de naipes que tenemos formado –recordó el policía.

Éstos son los desaparecidos de verdad, grupo por el que parecía especialmente obsesionado el inspector R. V. durante el tiempo que trabajó en el tema. Fue él, insistió el comisario-jefe, quien empezaría a denominarlos de ese modo extraño y vagamente familiar: *los otros*.

Los otros, ¿qué? Los otros, ¿quiénes? Desde el principio supieron que una denominación tan neutra y genérica de poco iba a ayudarles, como así fue. Sobre todo, para ser rigurosos ya en el planteamiento gramatical del asunto: los otros ¿respecto a qué o a quiénes?

Aislados en aquella especie de sala de espera, lanzaban monótonas miradas alrededor. Uno de ellos se encogió de hombros y suspiró profundamente.

–Quisiera conocer la razón por la que, en un sitio tan divertido como éste, se empeñan en poner cristales ahumados por todas partes.

Su compañero miró su reloj de pulsera. Tuvo la sensación de que el segundero estaba parado.

–Es verdad, esto recuerda a una iglesia. Contra más siniestro, más oscuro es todo.

Bromearon unos segundos por lo bajo, quizá para que la espera se hiciera más liviana. O tal vez para aliviar esa rigidez del ambiente que parecía pegárseles a la piel como humedad. Oyeron pasos. Pero no. Se alejaban. Algo se relajó dentro de ellos. Desde luego, aquel sitio invitaba a no hablar. Cada cual volvió a sus pensamientos.

Los otros. Un concepto sin sentido en sí mismo, como casi todo lo que rodeó el caso. El reportaje que preparaban quedó estancado en ese punto inicial. Ocurrió meses antes, pero de hecho ambos coincidieron en la opinión de que a partir de aquel momento lo que en realidad les interesaba del asunto ya no eran los desaparecidos en general, sino esos desaparecidos en particular. Los otros. El misterio esencial que parecía envolver a tales personas, así como los puntos oscuros que rodeaban la brutal reacción del inspector R. V. el día de autos, incluido ese factor desconcertante de sus notas sobre óptica, constituían un acicate periodístico suficiente para que dirigieran la investigación por ese camino. Cuando menos se trataba de un enanejado peculiar.

Los medios de comunicación, tanto audiovisuales como escritos e ineludiblemente esclavizados por las audiencias, mostraban mayor o menor interés por dichos temas, y en el último lustro había sido considerable. El tratamiento de tales temas estaba en la frontera de lo necrofílico, y por desgracia era habitual caldo de cultivo de un cierto tipo de información sensacionalista y sin escrúpulos: la que vive de los sucesos y de las desgracias ajenas. No obstante, y ante el caso de esos desaparecidos, poco o nada podían hacer de útil para llenar sus programas. Sencillamente, no había nada sustancial que decir de ellos.

De repente, abstrayéndolos de sus reflexiones, ven pasar tres monjas por el pasillo. Van a toda prisa.

–¡Corra, hermana, venga, no se rezague...! –le conminan a una de ellas, la de más edad, que no puede seguir el ritmo de las otras.

Intercambian una mirada significativa entre ellos. Sin duda ocurre algo.

–Aquí hay movida –sisea uno.

Su compañero asiente. Pero al poco, y como renace la calma en el pasillo, de nuevo vuelven a pensar intensamente en cómo se acercaron a este caso.

Desde entonces hasta hoy, combinándolo con la elaboración de otros reportajes, de una manera u otra no han dejado de trabajar en el tema, de concertar citas y realizar entrevistas. Al final suelen volver al punto cero. Pero a pesar de la ayuda del comisario-jefe y de los funcionarios que les atendieron en las visitas efectuadas a un peculiar y en verdad inquietante y vasto Archivo de Desaparecidos, siguen encontrándose en una desesperante zona de nadie. Cómo estructurar el reportaje, qué interpretación dar a unos casos que invariablemente, día tras día, se repiten en pueblos y ciudades, cuando ni siquiera los estamentos que poseen medios adecuados, o sea la Policía y las Fuerzas de Seguridad locales, se atreven a aventurar conjetura alguna sobre el supuesto paradero de dichas personas.

Pero por fin, tras la serie de trámites burocráticos que en su momento se vieron obligados a cumplir, acuden a ese encuentro largo tiempo pospuesto, su cita esperada. Aunque ellos son los primeros en poner en duda la conveniencia del mismo. Lo cierto es que, acaben elaborando o no el reportaje, siempre creyeron necesario e ineludible establecer ese contacto, conocer en persona al que fue inspector de la Brigada Judicial R. V., y ahora lo tienen ahí, muy cerca. Al final de un largo pasillo flanqueado a derecha e izquierda por puertas cerradas. En este lugar todo es blanco, piensan. Parece recién pintado y los rayos del sol, que se cuelan caprichosamente a través de unos amplios ventanales de forma oval, le confieren a la atmósfera una peculiar luminosidad desparramada en haces asimétricos.

Por un extremo del pasillo, y pasando de una sala a otra con bolsas de plástico llenas de ropa, cruzan otras dos monjas. A éstas no se las ve tan excitadas como a las de antes. Hablan entre ellas y les observan un momento con cierto interés. Por ese gesto se dan cuenta de que aquí no debe de ser frecuente la llegada de visitantes. Después, en el patio, la lavandería o la cocina, ellas seguirán hablando de esos visitantes.

–Dicen que son periodistas, y que vienen desde la ciudad.

–De tan lejos... ¿Y para qué?

–Ni idea.

Las religiosas son demasiado jóvenes y llevan poco tiempo trabajando en el *Balneario*. A diferencia de esa monja anciana y prácticamente ciega que no se ha movido de la capilla en años, el resto suelen ser religiosas que cambian de destino con frecuencia. Es esa monja veterana la que se encuentra gravemente enferma desde hace tiempo. Es ella la que, coincidiendo con el viaje y la llegada de los periodistas, en las últimas horas ha sufrido una alarmante recaída, aunque eso no afecte en absoluto la vida del Centro. Al menos no se nota salvo en el tránsito nervioso y apresurado de aquellas monjas.

Ellos, por su parte, siguen aguardando.

Se asoman a la ventana de la sala y miran al exterior. Allí se ve a pacientes con sus batas y andares cansinos, con sus zapatillas de felpa a cuadros o de pana, dando paseos poco más que circulares en torno a una parte del jardín con flores de lavanda, prímulas y rododendros.

Uno de ellos aún piensa en lo fatigoso que ha sido conducir hasta aquí de una tirada. Él ya no está para estos trotes. Mientras, su compañero imagina, más por distraerse que por otra cosa, qué estarán haciendo en ese mismo momento su mujer y la niña. Seguramente irán hacia los Grandes Almacenes que se encuentran en el extremo del barrio. Y seguramente la cría insistirá en pararse un rato en el parque de los columpios. Y con toda seguridad su esposa le dirá si no se siente ya demasiado mayor para montar en los columpios. Siete años tiene la niña. Y ella dirá que sí, pero que sigue gustándole eso de columpiarse. Lo que él no imagina es el comportamiento de su hija en el parque.

–¿De qué hablabas con ese niño tanto rato? –le preguntará su madre, dejando el periódico que había empezado a leer.

–De cosas –responde ella, y luego, mientras hace ademán de volver a irse, menciona algo acerca de la otra niña.

–¿Qué niña? –pregunta extrañada su madre. Mira por los alrededores y allí no ve niña alguna que no sea su hija.

–La que estaba junto a aquel columpio –y señala uno de los columpios más alejados. La madre piensa que no habrá estado atenta, y sería cualquier chiquilla que vino y se fue. Tampoco presta excesiva atención cuando su hija le comenta que esa niña le daba mucha pena. Iba a preguntarle que por qué, pero hacen tarde y de repente le entran las prisas. Varios recados esperan aún.

A varios cientos de kilómetros, su padre sigue esperando que les atiendan.

El mismo enfermero que les abriera la puerta metálica de acceso al recinto diciéndoles dónde tenían que aparcar el auto, les lleva ahora a través de salas y sucesivos pasillos que se enredan como un dédalo intrincado. Se dirige a un despacho concreto. Comenta que les estaban esperando, pero parece un tipo poco comunicativo. Incluso, de soslayo, les observa de modo hosco. Llegan, cede lentamente la puerta y aparece un médico que, tendiéndoles la mano por encima de la mesa a modo de salutación, se presenta y acto seguido pasa a interesarse por cómo han hecho el largo trayecto desde la ciudad hasta aquí.

–Esa carretera es diabólica, siempre tiene tramos a medio reparar –dice con una mueca que intenta mostrar amabilidad.

Uno de ellos duda si ha dicho «diabólica» o «agotadora». Da igual, tantas horas de viaje les han afectado.

Le preguntan por el doctor con el que hablaron por teléfono para ponerle al corriente del permiso obtenido y de su inminente visita. Su interlocutor les explica con suma afabilidad que ese médico tuvo que partir hace un par de días para resolver varios asuntos en la ciudad. Insiste en que, gustoso, él les atenderá en lo que sea necesario, aunque su colega ya le puso sobre aviso de la visita.

–En su ausencia yo soy el responsable de atenderles a ustedes.

Asegura tener preparado un detallado informe clínico acerca del paciente por el que muestran interés.

–Pese a todo, estamos ante uno de esos casos en los que poco puede hacerse... –se lamenta por lo bajo. Ellos se lo agradecen.

De uno de los cajones de la mesa extrae una carpeta, que les tiende mientras comienza a explicar lo que ellos ya esperaban oír. Es inútil cualquier intento de comunicación con dicho paciente, sin duda uno de los casos más complicados que ha visto en su periplo profesional y a lo largo de su «experiencia en el campo de la psiquiatría», recalca tras permanecer pensativo unos instantes.

Es bastante joven y sonríe constantemente. Sólo la bata blanca, las gafas que regularmente se toca como para colocarlas bien sobre la nariz y la seguridad en los movimientos que efectúa al hablar, balanceándose ligeramente en un sillón de ruedas, le confiere ese aplomo que parece tener la mayoría de los médicos. De vez en cuando tensa las mandíbulas, acaso en un gesto instintivo que sugiere impaciencia. Cuando les escucha contrae ligeramente los labios en un rictus como el que en ciertas películas antiguas, en la época del cine mudo, se utilizaba para simbolizar la codicia, pero que en realidad tan sólo significa que unos intrusos entrometidos están haciéndole perder su tiempo.

Uno de ellos repasa por encima el informe que acaba de entregarles mientras su compañero se enfrasca en una conversación con el médico acerca de lo triste de estos lugares. Decepcionado, comprueba que en esos pocos folios no se concreta más que lo que ya saben. Datos personales del paciente y una retahíla de apreciaciones técnicas prácticamente incomprensibles para un profano en la materia, sobre todo en lo concerniente a la medicación usada.

Se pasan uno al otro el informe y descubren con desazón que, en efecto, se trata de una profusa lista de fármacos, los que en teoría han venido conformando y quizá conformen aún, el tratamiento del paciente R. V. En este momento uno de ellos percibe una sensación ya no de lástima sino de piedad, pero se limita a pasarle nuevamente a su compañero la carpeta, que consta de apenas cuatro páginas y un pequeño anexo cogido con grapas y plastificado. Se turnan en atender las explicaciones del médico, tipo educado pero frío que, se nota, hace esfuerzos por mostrarse lo más atento posible. Efectúa un balance general del «establecimiento». De tal manera denomina al *Balneario*.

–Un lugar poco grato, aunque necesario.

Así lo define. Apenas seis palabras cargadas de sentido y realismo.

El periodista que se halla enfrente suyo no lo escucha con atención. Esa lista de fármacos le ha impresionado. Piensa en qué podrá pasar por la cabeza de un hombre al que le son suministradas todas esas medicinas, seguro que varias de ellas con efectos demoledores. Y lo que él mismo ha estado a punto de decir respecto al dossier que les entregan, lo expresa ahora su compañero con naturalidad, aunque también con cierta sorpresa:

–Pero esto es muy poco.

Los ojos del médico se han encendido súbitamente. Permanece serio y callado. Finalmente se encoge de hombros y añade:

–Es todo lo que hay. Ya les dije que se trata de un caso atípico y frente al que nuestras posibilidades son verdaderamente limitadas, por desgracia.

Parece hablar de modo sincero mientras traza un ondulante e imaginario dibujo en el aire con la punta de su estilográfica, como si ahí quisiera inscribir una palabra. Se apoya en el respaldo del sillón, señalando con la cabeza en dirección a unas estanterías de madera. Después dirige su mirada hacia la ventana. Uno de los cristales tiene una fisura transversal y su pupila inmóvil va a detenerse en algo que parece una herida infligida al vidrio.

–Ahí se especifican de forma pormenorizada los tratamientos y estudios realizados con múltiples pacientes que en los últimos años han pasado por este establecimiento. Los he repasado todos y les aseguro que constituyen una fuente documental de inestimable valor. Pero ese caso –prosigue luego de carraspear y desviar la vista hacia otro extremo del despacho– es la viva muestra, como les decía, de cuáles son las limitaciones insalvables en la actual psiquiatría.

Se nota un cierto bochorno en el aire del despacho. Una gota de sudor ha aparecido en la frente del médico. Guarda un repentino silencio, aunque no deja de sonreírles. De pronto ambos se dan cuenta de que, por su curiosidad no satisfecha o a causa de su evidente decepción, están incomodándole. Lo han sabido desde el principio, así que afirman entenderlo todo a la perfección y muestran sus deseos por estar cuanto antes frente al paciente por el que han viajado desde la ciudad.

–Créanme, aquí estamos acostumbrados a tratar con parámetros psicológicos alterados en los que sólo hay supuestos, incertidumbre. Eso es duro, pero debe aceptarse.

Ha de ser duro y deprimente, por supuesto, piensa uno de ellos al tiempo que repasa sus notas. Pero no deja de llamarle la atención que ese hombre no haya dicho enfermos, o pacientes, o personas afectadas, sino que se refiera a esos desgraciados en términos de poseedores de «parámetros psicológicos alterados». Qué dureza la de los profesionales de la medicina, razona, acaso obligados a adoptar actitudes aparentemente inhumanas sin siquiera poder aparentar dudas, pena o debilidad.

Durante algunos segundos nadie dice nada.

Utilizando el dedo índice de su mano derecha en un gesto rutinario y perfectamente estudiado, el médico hace sonar un minúsculo timbre situado junto al flexo. Aunque amortiguado, oyen el timbrazo en el pasillo. Dice que un enfermero les acompañará hasta donde está el paciente. Uno de ellos pregunta, sorprendido, si él no debería estar presente en ese encuentro. El médico responde que, a tenor de anteriores experiencias con visitas de familiares, cree que es preferible que no esté presente ningún miembro del cuadro técnico del establecimiento.

–Ni siquiera el enfermero. Se quedarán a solas con él, y si necesitan algo no tienen más que llamar.

Como ambos se quedan sin saber qué decir, el médico explica:

–A nosotros nos tienen ya muy vistos, se cohíben. No olviden que para los pacientes somos los culpables –y remarca esa palabra esbozando una amplia sonrisa– de las sesiones a las que con frecuencia nos vemos obligados a someterlos. Ustedes, aunque sea por el hecho de constituir una novedad, suponen un nuevo e imprevisto estímulo para esos enfermos.

–Sesiones... –menciona uno de ellos deletreando prácticamente un vocablo que va cargado de significado y también de temor, de respeto. El médico lo mira con fijeza. No es una mirada dura o inquisitorial, pero sí grave.

–Inocuas, pero agotadoras. Molestas..., una rutina que no siempre parecen dispuestos a soportar de buen grado.

Lo ha dicho como un latigazo, tensando las comisuras de los labios, encarándoles con la mirada. Coloca bien la montura de sus gafas sobre el hueso de la nariz. Se lleva una mano a la barbilla y agacha la vista. Luego, recuperada de nuevo la compostura, vuelve a sonreír.

–Ustedes son periodistas... Perdonen, pero todos sabemos de qué forma determinados temas que afectan exclusivamente a la medicina, y en concreto a la psiquiatría activa, son tratados en los medios de comunicación...

Se ha crispado de nuevo al decir la última frase, pero toca fugazmente su pelo castaño, se levanta con calma y dirige sus pasos a la puerta.

–No vayan a imaginar cosas que no son. Descargas eléctricas y todo tipo de suplicios medievales, no... –matiza sonriendo sin que nadie le pregunte–. Es más sencillo que todo eso. Verán –adopta un gesto condescendiente–: un paciente en plena crisis puede ser agresivo, o tener tendencias suicidas. En ese contexto, por ejemplo, la inmovilización controlada y temporal, previa administración de un sedante, depende de cómo se presente, podría ser considerada como tortura medieval por algunas personas que opinan sin conocer. ¿Lo comprenden?

Mueven la cabeza dando a entender que sí. Siguen sentados y quietos. Uno imaginando cómo deben de ser las sesiones de psiquiatría activa a las que hizo referencia el doctor, y el otro con la atención parcialmente cautivada por esa pequeña fisura en el cristal de la ventana. Piensa que tal como está es peligroso, pues cualquier día puede caer y hacerle daño a alguien. No se explica por qué, incluso minutos después de descubrirlo, aún le inquieta el detalle. Tal vez por eso mismo. Porque se trata de un detalle más. Un ligero desperfecto en medio de una atmósfera aséptica y pulcra donde todo parece estar en su sitio. Donde las cosas guardan un cierto equilibrio, a tono con la pintura blanca de las paredes y de algunos muebles lacados. Algo diametralmente opuesto a la Redacción de la revista.

De improviso nota que la fisura en el cristal empieza a producirle una remota sensación de ahogo.

Y recuerda el corte que se produjo con la cuchilla de afeitar. Percibe un fuerte olor a desinfectante, como le sucediese al entrar en el edificio, y cree que será producto de su fantasía. Siempre imaginó estos sitios como espacios carcelarios. Algo contrae su estómago. No sabe qué le ocurre. Teme que le haya sentado mal algo comido recientemente. En un gesto instintivo se lleva una mano a los ojos. Le pican. Se los frota. Ha sido un viaje agotador, lo mismo que el ritmo de trabajo de las últimas jornadas. Necesita un descanso. Cada vez tiene más claro que están perdiendo el tiempo.

El médico sale con ellos, les cede gentilmente el paso al cruzar la puerta del despacho.

No cesa su mareo, pero ha recogido la bolsa y se ve siguiendo a su compañero y al médico a través de un largo pasillo. Al final les espera un enfermero con ademán servicial. No es el mismo que les acompañó hasta el despacho anterior. El doctor, que se ha adelantado un par de metros, habla en voz baja con el enfermero. Debe de estar dándole las instrucciones precisas. Luego se gira hacia ambos y les saluda, tendiéndoles la mano. Se tiene que ocupar de un asunto urgente, dice. Está claro que es una forma elegante de dejarlos solos. En el fondo lo desean.

Por fin su figura erguida se pierde por otro pasillo con pasos seguros. En ningún momento ha dejado de sonreír de esa forma autosuficiente.

Mientras siguen al enfermero ambos tienen el mismo pensamiento, pero evitan exteriorizarlo. No pueden. Tampoco le dan mayor importancia: no recuerdan ya el nombre del doctor que acaba de atenderles. Aunque se presentó, es cierto. Saben, no obstante, el nombre del que debería haberles atendido. Lo llevan apuntado en un papel. Vuelven a pensar que en un sitio como éste acaso los nombres sean lo de menos. Finalmente llegan a una sala también pintada de blanco, pero ahora ven algunos cuadros en las paredes: arlequines en uno y cigüeñas en otro. Aún, en un tercero, cisnes en un lago. Algo poco apropiado para un sitio así. Aunque, bien pensado, ¿qué pintura podría alegrar un lugar de estas características?

Acceden a una amplia sala donde sólo se escucha el zumbido de un neón que titila intermitentemente. Desde la puerta mira una mujer que se apoya en sus muletas. A lo lejos, otra vez, suena aquel graznido. O la herramienta chirriando.

Sentado en un sillón de mimbre y situado frente a la ventana, distinguen un bulto. Está encogido. Es un hombre. Por primera vez sienten verdaderos nervios. Esa sensación es ahora tangible. Antes hubo un momento, cuando venían por la carretera, en el que les ocurrió algo parecido. Como una tenaza apretando sus arterias. Tal vez el agotamiento acumulado. Entonces, para liberar la tensión, hablaron del imponente paisaje. Ahora, sin embargo, callan.

Pasados varios segundos intercambian una significativa mirada para corroborar lo que ya presuponen, que va a ser inútil e incluso contraproducente sacar el pequeño casete que uno de ellos lleva en la bolsa. Ese desdichado no habla. Sería un insulto sacarlo. La máquina grabadora, pues, continuará guardada. También la cámara de fotos. Piensan que aunque fuese como recuerdo y testimonio de su estancia aquí, les gustaría hacer alguna foto del hombre del sillón de mimbre, pero no conviene utilizar la cámara en su presencia. El compromiso fue no hacer fotos de personas. Además, como material periodístico esas fotos iban a ser inservibles de no ir acompañadas de un testimonio oral. Por otra parte, ¿eso de ahí es realmente una persona?, se preguntan.

El enfermero es quien dice las palabras de rigor, en cierto modo absurdas, anunciando su vista. Y en ese mismo momento, algunos metros más allá, detrás de una docena de tabiques, tiene lugar otra escena: nerviosas, varias monjas jóvenes cruzan corriendo el atrio adyacente a la capilla que une ese recinto con sus dormitorios. Pasan bajo el claustro trapezoidal y suben unas escalinatas de pórfido. Parlotean, apenadas, bajo una bóveda con cristales esmerilados. La hermana anciana se ha puesto súbitamente grave, entrando en una fase de delirio. Alguien habla de darle una tisana para aliviarla, pero parece que la cosa es mucho más seria e irreversible.

La han visitado dos médicos del *Balneario*. Y el asunto se complica. Debe de sufrir una fuerte hemorragia interna. Son ya muchos años. Moverla sería peor. No hay nada que hacer.

Pero aunque acaezcan ahí mismo, a su lado, ellos desconocen tales hechos, sólo les preocupa el hombre que tienen enfrente. Lo ven de perfil, con el rostro parcialmente iluminado por la espada de luz que forma el sol del mediodía. Está muy demacrado, y se nota que tuvo que ser un tipo corpulento, de complexión marcadamente atlética. Visto así, inane por completo, confirman lo que ya sabían. Es una especie de vegetal que respira y que parece meditar. Aunque nadie llegue a imaginar en qué medita.

Se han acomodado delante suyo en dos sillas, proporcionalmente alineadas. Lo tienen a un metro aproximadamente. Por una fracción de segundo sienten un leve temblor en las rodillas. El bochorno aumenta. No debe de funcionar el aire acondicionado. Le miran. Parece un busto de yeso policromado, e impone más por su actitud estática que por el color enfermizo de su piel. Ese rostro es una mortaja. Pero parpadea.

Antes de entrar en la sala el enfermero les recuerda que, si necesitan cualquier cosa, no tienen más que apretar el timbre situado junto a la puerta. Le miran extrañados, intentando disimular una alteración que había ido en aumento gradualmente. Acto seguido el enfermero añade algo que les deja desconcertados. Ni por un momento pensaron en esa posibilidad:

–Pero no se preocupen. No es en absoluto peligroso. –Y, viendo que guardan silencio, continúa–: Es como una oveja. De los que menos problemas da en el centro. Un tío tranquilo, dócil.

No ha dicho el *Balneario*, ni el sanatorio, ni el establecimiento. Ha dicho el centro. Una oveja. Dócil. Algo se les contrae en el pecho al hallarse frente a esa oveja con rostro de hombre que parece haber perdido para siempre su identidad, todo vestigio de cordura, cualquier posibilidad de retorno al mundo de los seres normales. Se sienten incómodos en proporción directa al lacerante mutismo y a la inexpresividad total de esa persona que está ahí mismo. Uno de ellos se presenta y dice para qué han venido. Procura hablar con normalidad, pero está claro que a duras penas lo consigue. Realmente, no tenían nada preparado. En un caso así no hay mucho que preparar. El bulto, la oveja, el hombre dócil escucha, tal vez, sin mover un solo músculo.

–Verá, no queremos ser una molestia para usted...

Nada en su expresión revela que esté enterándose de lo que realmente ocurre o le dicen. No mira a sus interlocutores. Viste un pijama de color verde claro, zapatillas de lana a cuadros con rombos enlazados y una bata blanca a rayas grises. Parece como si tuviese frío, pues permanece ligeramente encogido, pero la temperatura interior de la sala es estable. Tienen la impresión de que mueve lentamente los hombros cuando le explican el motivo por el que han venido a visitarle. El tema de su reportaje a menudo pospuesto. Lo hacen con delicadeza, ahora alternándose sin brusquedades en el turno de palabra. Mencionan el concepto indirectamente una, dos, hasta tres veces: desaparecidos.

Tal vez esas frases, como un eco que llega con retraso a su destino, han impactado en su interior. Le comentan todo de modo maquinal, preciso, y eso acrecienta en ellos una cierta sensación de ridículo. ¿Para quién o para qué están hablando? Da lo mismo. Tienen que hacerlo. En ningún momento les mira directamente. Su respiración es acompasada. Un par de veces parece que la cabeza se le inclina hacia un lado. Pero sólo unos milímetros, como si estuviera durmiéndose con los ojos abiertos. Éstos permanecen inexpresivos. En su interior, y aunque ellos no lo sepan, el impacto ante la audición de determinada palabra se agranda como mancha de aceite sobre una superficie líquida. Un lejano brillo en las pupilas consigue que quien le habla no se dé por vencido. Así, entre expresiones medio acabadas y silencios cortantes, transcurren varios minutos.

Creen que falta ventilación, pues el sudor emana de ellos copiosamente. El cielo se está agrietando en surcos que recuerdan arrugas en la piel humana. Sobre un cercano otero, soportando estoicos la embestida del sol, unos terebintos exudan trementina, lechosa, presta a evaporarse. Sin embargo, todos los animales del valle parecen haber enmudecido de repente. Es su especial advocación de silencio al momento sublime en que el día hace crujir sus bisagras, majestuoso y tórrido. Llega la tarde.

El enfermero se ha ido, y parece que haga una eternidad de ello. Están a solas con R. V., el hombre que tanto tiempo después aún lograba provocar reacciones de admiración o desconcierto entre sus compañeros. Incluso entre algunos de promociones más recientes que no lo conocieron personalmente. Ésa era parte de la leyenda de R. V.: a todos se les hacía un nudo en la garganta al mencionarlo:

–Tuvo que hacerlo por algo, maldita sea, por algo.

–Yo aún no me lo creo. Es decir, sé que pasó, pero no lo admito. Mi mente no lo admite.

–Fue como si se hubiese roto por dentro. Sencillamente, se partió.

Entonces toma la palabra el otro periodista. Insiste en que no pretenden forzarle a hablar, que por nada del mundo quisieran molestarle ni interferir en su tranquilidad, eso recalca, «su tranquilidad», y le ruega que responda algo sólo en el supuesto de que tenga verdadera necesidad de hacerlo, si le sirve de desahogo. Nada más realizar tal comentario se siente doblemente patético. En la estancia se crea un silencio engorroso, duro. Es la primera vez que ambos permanecen callados con la insensata esperanza de que ese hombre hable. No se atreven ni a mirarle a los ojos.

Instintivamente uno de ellos abre la carpeta que lleva en la mano, la que les entregara el médico. Segundos antes había colocado ahí sus propios papeles, seleccionados previamente en la Redacción. Sus ojos tropiezan con una de las fotocopias que reproducen las extrañas notas de R. V. Se fija en una concreta. Es una anotación en torno a lo que se denomina «rotación mental de los objetos». En efecto, piensa entristecido mientras con las yemas de los dedos alisa una de esas hojas, dentro de la cabeza de ese hombre las cosas, como si permanecieran en el formol del sinsentido, deben de estar en una permanente y caótica rotación. Lee en silencio mientras aguarda una respuesta imposible:

«Rotación imaginada de un objeto a modo de espejo de una rotación física. Información cuantitativa acerca de lo que se conoce como pensamiento espacial. Mecanismos del pensamiento. Evidencia de que la mente modela determinados procesos físicos sometiéndolos a las limitaciones geométricas que reinan en el mundo exterior. Traslado de dichas operaciones mentales a la vida cotidiana. No se conocen las bases neurofisiológicas de las imágenes mentales ni de su manipulación interna. A pesar de ello, una vez imaginada la rotación de una forma cualquiera en la orientación de un estímulo físico, el sujeto puede determinar identidad o diferencia a una velocidad uniforme, sea cual sea el grado de rotación.»

Dobla la hoja fotocopiada. Se pregunta por enésima vez de dónde pudo sacar R. V. tales informaciones. Cuáles serían sus materiales de consulta y de qué manera llegó hasta ellos.

–¿Para qué le servían estas notas, nos lo puede decir? –le inquiere con suavidad.

El bulto parpadea.

Cuando repasa esas anotaciones le invade una sensación de absoluta incredulidad, como a su compañero, ahora acrecentada por la imponente aunque decrépita presencia del hombre que las redactó, o en cualquier caso las transcribió de a saber qué fuentes documentales. Esa nota concreta, como el resto casi siempre escritas a máquina, concluía así: «Relación lineal del tiempo de reacción con la diferencia de orientación al compararse la forma intrínseca de dos estímulos y la rapidez uniforme de respuesta cuando se presenta un objeto de prueba en una posición calculada para coincidir con la orientación constantemente cambiante que se imagina en la rotación mental. Funciones y origen de la imaginación espacial humana. La imaginación espacial ha experimentado una evolución intrínseca como puro reflejo de la física y de la geometría del mundo exterior».

Se le nubla la visión momentáneamente, ve borrosos algunos renglones. Está agotado, y lo que ahora sostiene entre las manos parece una burla hecha estadística. O al revés. Se repite a sí mismo que dichas notas no pudo tomarlas ese hombre. Y sin embargo parece cierto que así fue, dado que algunas, exactamente tres, estaban escritas de su puño y letra.

Se miran, expectantes. Observan que de pronto una de las manos del hombre se encoge, cambiando ligeramente la posición en la que estaba, sobre la rodilla derecha. Ha sido como un temblor mínimo, sin continuidad, pero logra desconcertarlos aún más de lo que ya estaban. Le preguntan por las notas. Dos veces, con lentitud:

–¿Qué relación existe entre eso de la imaginación espacial y aquello que usted investigaba? ¿Lo sabe?

–De ser que sí, mueva la cabeza...

–Venga, haga un esfuerzo –le insiste el compañero.

Nada.

Aunque algo inconcreto en la órbita de los ojos de ese individuo que respira pausadamente, con ademán entre cansino y plácido, se ha agitado de repente. Sigue sin mirarles, pero ahora sus ojos inician leves recorridos en torno a la luz de la ventana, diríase que en torno a la ventana misma. Como si buscara allí la explicación de cuanto ocurre en su cabeza, en su desconcierto particular e intransferible. Tal vez en lo que acaba de escuchar, dudan ellos con un atisbo de súbita esperanza. Porque están casi seguros de que, consiga entenderlo o no, les oye. También están seguros de que si hubieran charlado un poco más con el enfermero que les acompañó hasta la sala, aquél les habría dicho, luego de recalcar que no era peligroso, «está loco, pero no sordo». El personal subalterno del *Balneario*, los médicos, todos lo saben: R. V. oye.

Y él, ¿qué siente?

Su pensamiento es como helio líquido, un cometa incontrolado cruzando insolente el perímetro de un caleidoscopio lleno de imágenes abigarradas. Éstas, al igual que sucede con el tiempo, se arrastran o tal vez fluctúan en secuencias no mensurables por la razón o la aritmética. Sus esquemas mentales imitan las turbulencias del aire o el incesante peregrinaje de partículas escurridizas o indefinibles en las ocultas órbitas de los vasos sanguíneos. Acaso se trata del propio secreto de la existencia, pero de orden tan minúsculo que ni siquiera puede estudiarse, porque no se ve. Desde siempre el género humano ha tendido a juzgar, y de paso a dominar, aquello que antes logra escudriñar. El resto no existe. De tanto no ver lo que todos ven, y de tanto ver lo que nadie ve, R. V. se ha convertido en un ente lucífugo, pero no cobarde. Busca la penumbra como bálsamo. Se ha disipado en sí mismo. Es un ser destruido, pero no enfermo, en el sentido de totalmente pasivo.

No pueden asegurarlo, pero lo intuyen: escucha lo que se le dice. Después de casi diez largos minutos de tensión y sendos monólogos entrecortados, también eso lo perciben con mayor nitidez.

Les está oyendo y podrían jurar que incluso les entiende a la perfección, aunque en su mente se cierna un caos considerable. Quieren suponer que en circunstancias normales les respondería, aun con esfuerzo. Mas a él no le rodean circunstancias normales. Hace tanto tiempo que las cosas están confusas en su cabeza, tanto, que cuanto le sucede ahora, la voz, las palabras suaves de esos hombres que le hablan ininterrumpidamente desde hace un rato, todo le parece una rara y embriagadora melodía.

–¿Sabe lo que le decimos?...

Uno de ellos saca un paquete de cigarrillos.

–¿Le importa que fume? –Sabe que tal pregunta quedará sin respuesta. Luego se levanta, dando algunos pasos sobre el suelo de losa. Se para, enciende el cigarrillo, le mira con afecto e insiste–: Estamos aquí para ayudarle.

Exhala una columna de humo y después desvía la mirada hacia la ventana. Su compañero mueve la cabeza significativamente.

R. V. flota. Cree estar dentro de los tubos de un inmenso órgano tocado por innumerables manos, quizá por tentáculos. Como si hubiese pulpos deslizándose a través del teclado. Huele a humedad, a madera añeja y vencida por la carcoma. Los tubos, la negrura, la vibración, todo va absorbiéndose hacia dentro. Algo se lo traga como si hubiera caído en el interior de una anémona gigantesca. Como otras veces, como tantas veces. Como siempre. Vive en un fondo marino lleno de peligros. Debe luchar. Y allí, por los confines de ese tubo enorme y oscuro por el que resbala como si estuviese atrapado en un tobogán eterno, le aguarda la misma presencia de siempre. Una presencia que no se atreve a mencionar ni con el pensamiento. El vacío absoluto. La inercia. Y las voces que poco a poco le rodean. Las risas zarandeándole, empujándole cada vez con más violencia. Y esa luz ni amarilla ni azul que quema sus sentidos en cada parpadeo hasta hacerle caer en un profundo agotamiento, en la bendición que para él supone sucumbir a los filamentos del sueño.

–Quisiéramos ayudarle.

–Con la menor indicación nos bastaría.

Escruta, sin mirarlos directamente, esos rostros que le observan con pesadumbre y ansiedad, aunque los interesados ni siquiera lleguen a intuirlo. Los observa no de modo sesgado ni en diagonal ni al bies, sino a través de la piel y los sentidos. Ha aprendido a hacerlo. Ésa ha sido su única manera de protegerse aquí.

Hace ya mucho tiempo que dejó de tener pesadillas como las de la primera época de reclusión en el *Balneario*. Aquellas pesadillas, más que la implacable medicación a la que fue sometido, en cierta manera acabaron con él para siempre. Desde entonces ya ni siquiera le espanta la caída en el surco del tobogán que carece de final o principio. Vive amodorrado en el seno de un vacío redondo y sólido. Por puro instinto de conservación aprendió a contemplarlo todo desde fuera. Sin entender nada, sin intervenir. Se siente invadido por una especie de pena translúcida, por una nostalgia membranosa que le arranca poco a poco la carne, la vida.

Uno de ellos ha empezado a manipular nerviosamente el bolígrafo. La sucesión de *clics* se propaga por la sala como un agudo estruendo, pese a que el ruido es en sí mismo casi imperceptible. Su compañero se levanta y hace el gesto de dirigirse a la ventana, pero casi de inmediato vuelve a sentarse.

Les sigue con la mirada, sin mirarlos.

Aguijoneado por sus pensamientos, ahora corre y corre a través de una jungla de helechos. Es una huida vehemente y estéril, porque siempre vuelve al sitio de partida. Junto a él, como ascuas incandescendentes, mínimos recuerdos, brotes salvados del olvido, penden igual que bucles de un ramaje caprichoso que va estrechándose en torno a su cuerpo jadeante. Piensa si serán reptiles y se espanta, pero sigue corriendo.

No tiene conciencia de nada salvo de que quiere salir de allí, de aquella frondosidad maloliente y vacua que corrompe el tono violáceo nacarado de las clemátides y el chapoteo de invisibles, hostiles anfibios. Cuando color y sonido inician su proceso de putrefacción en los sentidos y uno permanece amordazado, contemplándolo: ése es el horror.

De pequeño, antes de tener miedo, le gustaba el queso con membrillo. Ahora olvidó el sabor. Vive una vida sin tonalidades. Donde mire, ve el color del musgo cuando éste va a marchitarse. Si tuviese fuerzas se restregaría sus manos huesudas. Le pican por el sudor. Pero sólo lo piensa.

Con los años se ha convertido en testigo único del incendio que a veces se gesta dentro de sí, en el extremo remoto y puntiagudo de esa arista de su mente que en cualquier momento, como fisura rebelde en la superficie del cristal castigado por los elementos, puede resquebrajarse en pedazos. Su pensamiento prisionero es ese delicado cristal, y su única posibilidad de supervivencia es precisamente no moverse, no pensar con intensidad, no hacer nada que enfurezca a la fisura, al volcán. Debe limitarse a rotar. Tan sólo a rotar sin fin.

Controlando a duras penas su impaciencia, se dan cuenta del cambio operado en ese hombre que vive postrado y mira la luz de la ventana como si se alimentase de ella. Tiene mirada batracia. Entonces, sin saber por qué no lo han mencionado hasta ese preciso momento, uno de ellos, como cuando se enseña a pronunciar las primeras palabras a un bebé, repite pausadamente la única frase que él mismo ha venido diciendo durante el largo periodo de su reclusión, aunque nunca a un promedio superior a las cuatro veces por año. Esas dos palabras que poseen coherencia gramatical, pero que al mismo tiempo carecen de sentido específico. Vuelven a la carga:

–¿Qué significa *nos miran*? Puede decírnoslo con total confianza. Piense, por favor...

–Si sabe de qué le hablamos, haga un gesto con los ojos –le ruega el compañero desde la silla contigua.

Se produce una imperceptible contracción en sus manos. Le vuelven a preguntar, ahora procurando que en el tono no haya nada imperativo. Finalmente les mira a los ojos. Primero a uno y luego, como arrastrando esa expresión llena de tristeza, al otro. Les da un vuelco el corazón. Incluso han dejado de respirar por temor a romper el embrujo del instante. Si interrumpieran una posible contestación no se lo perdonarían nunca. Algo en la mirada de ese hombre denota un contenido estupor. Quizá también miedo. Pero ellos sólo detectan lo primero, por eso insisten y vuelven a preguntárselo:

–¿A quién o a qué se refería con aquellas dos palabras?

Más helechos golpean en su rostro, y ese agudo clamor de una selva asesina que se encoge, que se contrae a su alrededor.

Desde su peculiar esfera del pensamiento, todo color ceniza y siempre huyendo del enjambre, se ha estremecido al oírlo. Pero no lo demuestra. No puede. No sabe. No se atreve. Olvidó hacerlo. Hace tiempo que su mundo anímico y su realidad gestual conviven en un mismo cuerpo, aunque siguen rutas distintas. Quedan divididas por la fisura del frágil cristal que es su mente. Una vez más, antes de rendirse definitivamente, le repiten esa frase que él murmuró en ocasiones, aunque no sin hacer enormes esfuerzos. Y la oye, ve cómo se dibuja en los labios de ese hombre. Apenas le quedan energías. Ahora todo su cuerpo registra un esporádico y leve estremecimiento.

Desde una nebulosa distingue las dos caras que le miran, que le hablan con afecto inusitado. Presiente que son caras amigas. Se relaja. Aunque de pronto ha dejado de oírlos. De hecho, lo que oye es:

–¿Nos oye...?

Pero ésa es una sensación hueca.

Piensa en las otras dos palabras que han dicho. Ve cómo se mueven sus bocas, cómo le observan sin parpadear y de inmediato suspiran. No logra deducir lo que en realidad late en esas miradas: interés, pena y frustración. La nebulosa va espesándose más y más en su entorno.

–Igual es preferible dejarlo correr... –insinúa uno de ellos quitándose las gafas y frotándose rítmicamente en torno a las cejas.

–Vamos a intentarlo otra vez –insiste su compañero, que hace una larga pausa para proseguir en idéntico y monocorde tono:

»¿Qué quiere decir con...?

Aquél le ha propinado un discreto codazo, dándole a entender la inutilidad de tanta insistencia. R. V., por su parte, nota que sigue hundiéndose en la ciénaga de la memoria.

Sabe que tiene los ojos abiertos, lo sabe por la benefactora claridad que se posa en la cuenca de sus ojos, pero ya apenas ve nada. Sólo distingue figuras, contornos. Nuevamente la sensación de ahogo. Y el órgano vomitando acordes graves que provienen de más allá de la luz.

Es otra la luz que golpea en la página fotocopiada, lamiendo oblicuamente una de las anotaciones de R. V., justo la referida a los copos de nieve:

«Causa de que absolutamente todos los copos sean distintos. Los cristales de hielo nacen en el seno del aire turbulento, guardando una proporción de simetría y de azar. Eso se conoce como indeterminación séxtuple. Al congelarse el agua, los cristales emiten puntas. Al crecer éstas, sus límites se hacen inestables, y surgen nuevas puntas que brotan por los lados. Ahí se dan leyes matemáticas de asombrosa sutileza. No se sabe a qué velocidad crecerá una punta, ni cómo, ni por dónde. Microscópicos árboles fósiles con vida propia. Fenómenos sin equilibrio que eluden, incluso, la capacidad del ojo humano al mirar a través del microscopio electrónico.»

Así ve él la existencia.

Las notas del órgano provienen de un paraje donde sólo a su imaginación le está permitido atisbar, si es que lo resiste. Paraje ante el que, una vez contemplado, no se puede articular palabra o pensamiento alguno. Paraje que detiene cualquier impulso vital, que diseca los sentidos en cuanto éstos lo observan. Ha aprendido a sobrevolar por los aledaños de ese paraje helado. A planear en torno al esófago, a las fauces del volcán.

Cae y cae, pero nunca se estrella. El sufrimiento se dilata, pero por esa misma razón se vuelve soportable.

Ha llegado incluso a caminar, como un equilibrista con los ojos vendados, sobre la cuerda que delimita dos mundos a la vez divididos y unidos en su interior.

Ha caminado justo por la fisura del cristal. Cada vez más ensangrentados los pies. Aterido de frío y dolor. Hecho pura llaga. Quizá sin venda en los ojos, pero cegado por la niebla. Agitando manos y brazos como si pidiese misericordia a nubes que parecen emanaciones de azufre. Moviéndose igual que haría un pajarillo, aún de débiles alas y en ausencia de su madre, al notar la cercanía de un halcón en el cielo. Pero al menos cuenta con una única certeza: él no es el halcón.

El sol del mediodía parece remitir por momentos. Se oculta y llena la estancia de un reflejo escarlata. Al llegar el crepúsculo, cuando sus pequeñas simas de lucidez sean sepultadas por el cansancio, ese mismo reflejo se convertirá en una mancha púrpura y tumefacta que le anegue poco a poco la visión. Pero ahora percibe un zumbido creciente en los tímpanos. Y unas voces lejanas. Conocidas. De nuevo escucha esas dos palabras, enigmáticas e indescifrables para todos, que durante años y años han constituido su única conexión con el mundo. Es en ese instante cuando un rayo de sol, aparecido por sorpresa tras una nube, atraviesa la tensa atmósfera de la sala y se pierde entre las junturas de unas baldosas.

–¡Se muere! –exclama alguien con crispación contenida en otra estancia, a unos metros de donde ahora se hallan. Obviamente, no la han oído. La anciana monja se apaga como un cirio en mitad de la brisa.

El cuerpo abotargado de R. V. registra un temblor que se desvanece casi en el acto. Ellos siguen sin darse cuenta. Parecería que lo hubiese intuido, o que lo supiera. Es ese rayo de sol en su rostro, ese baño de súbita claridad en su frente despejada con síntomas de evidente calvicie, lo que le ha hecho recordar.

–Sólo podemos rezar... –murmuran voces femeninas a lo lejos.

Con sorprendente y puntillosa rapidez, el hombre oveja, el bulto dócil, el cuerpo vegetal va recordando. Recuerda. Tiene miedo. Ya no puede detener los recuerdos. Los ve en imágenes que carecen de sonido, de color e incluso de forma, pero que arden en su memoria como un bosque que devora sincronizadamente las llamas. Imágenes de siluetas no definidas y sin embargo poderosas, atrozmente claras. Cruzan ante sus ojos a velocidad de vértigo.

Porque la velocidad de la luz es muy superior a la capacidad de la mirada. Así él sabe sin ver. Conoce sin hacer.

Recuerda poco a poco. Pero recuerda. Recuerda y, en un gesto instintivo, contiene la respiración para no estropear esos recuerdos.

En un pequeño dormitorio del pabellón contiguo, la monja enferma y ciega se revuelve en su lecho como pez en la orilla. La hemorragia inunda sus pulmones. Tiene los bronquios como una granada abierta. El zarpazo de dolor ha hecho que se contraiga entre las sábanas. Pide la extremaunción, y otra monja le dice que ya han llamado a un sacerdote.

–Aguante, hermana... –Y le ponen un paño húmedo en la frente.

Ella lo agradece, como también el paciente R. V. lo agradecía cuando esa anciana monja decidió ocuparse personalmente de su aseo y necesidades elementales.

Ahora de sus labios octagenarios y contraídos sale una oración:

–*Miseratur tui omnipotens, et dimissio peccatis tuis, perdurat et ad vitam aeternam...* –consigue balbucir de un tirón.

Una monja muy joven, arrodillada junto a la cama, va traduciendo en voz baja para sus adentros:

–Dios Todopoderoso tenga misericordia de ti, y una vez perdonados tus pecados te conduzca a la vida eterna...

La anciana entreabre sus ojillos neutros y literalmente comidos por espesas cataratas, acaso sorprendida por la certidumbre de que está rezando en singular.

En la ciudad, y en un paso de peatones cercano a los Grandes Almacenes, la niña que va asida de la mano de su madre, la mira con detenimiento y un leve aire de reproche.

–¿Pasa algo? –pregunta aquélla, extrañada.

–¿Por qué no les das dinero? –inquiere la niña.

–¿A quiénes?

–A los pobres.

La madre, que suele ir bastante despistada por la calle, no sabe a qué pobres se refiere.

Le dice que es una niña muy sentimental e imaginativa, y la pequeña parece quedarse tranquila.

Y, simultáneamente, el hombre inmóvil recuerda cuando era niño. El olor de la cocina, de los guisados y frituras, con las sartenes siempre rugientes. La luz del pasillo a menudo encendida. La tos de su padre, en el comedor. Una tos bronca aquella de la noche, algo distinta a la que emitía por las mañanas, mientras se afeitaba. Tos de fumador. Los pasos de su madre, antes de darle las buenas noches. Un beso en la frente. La cálida y tierna humedad de unos labios fieles cuyo auténtico valor sólo se reconoce, por lo general, cuando nos falta. El consejo diario de que procurase pensar en los angelitos. Recitaba de carrerilla «cuatro esquinitas tiene mi cama», pero lo hacía sin convicción.

–A soñar con cosas bonitas –le sugerían sus padres.

Eso fue mucho antes de que descubriera que los demonios también eran, en otro tiempo, angelitos que no supieron ganar su particular revolución, que eran simplemente angelitos guerreros antes de convertirse en angelitos malos. Antes de que sobreviniera el miedo a la oscuridad. Su miedo. Inconfesable e intransferible. Ya entonces.

Eso fue mucho antes de que la simple idea de soñar le causara pavor.

Recuerda que, ya bastante después, le contaron que durante varios años estaban preocupados por su causa porque, incluso antes de atreverse con las primeras palabras inteligibles en el vocabulario de un niño, solía decir, muy serio y sin motivo alguno que lo justificase, una especie de salmodia como extraída con pinzas de cualquier fragmento de música litúrgica coral.

Única e invariablemente esa expresión monosilábica que sonaba a cántico religioso.

Era una palabra extraña e indescifrable de resonancias griegas o latinas, una cacofonía recurrente que pronto fue utilizada a modo de coletilla. Nunca llegaron a saber a qué se refería. Lo mencionaba en los sitios más imprevistos. Mirando por una ventana. Yendo en tren. De visita en casa de unos familiares. Observando su comida en el plato. Ante un juguete con el que había trajinado en innumerables ocasiones. Oyendo música por la radio. En el cine, en la bañera. En sueños. Siempre lo mismo. Era su *Miserere* particular, su refugio. Quizá se convirtió en una broma, pero al final la broma dejó de serlo, y le reñían. Él no lo recuerda. Sólo recuerda que se lo contaron.

Era, dijeron, un círculo vicioso. Quedó encerrado allí. *Tantum ergo*. Pero entonces aún no lo sabía.

Pronunciaba esa palabra con tanta precisión que sus padres incluso la apuntarían en un cuaderno y años después, siendo ya adolescente, se lo mostraron recordándoselo como una inquietante curiosidad de la infancia. Les preocupaba, sobre todo, por la forma especial de decirla. Al parecer se le transformaba el rostro al verbalizarla. Contraía los labios como un niño que de pronto, y por primera vez en su vida, decide decir en voz alta una palabra malsonante, o cometer un sacrilegio, si la educación que recibió fue religiosa y es consciente de ello. Dejaba los ojos fijos en un lugar indeterminado, contenía la respiración y pronunciaba esa acumulación de sílabas sin sentido. Luego, bruscamente, salía de su ensimismamiento y, según le contaron, incluso negaba haberlo dicho. Ahí empezaron las suspicacias. Era un muchacho cuando todavía la mencionaba a gritos, de vez en cuando, mientras sufría alguna pesadilla. Su padre decidió no darle importancia, pero a su madre le preocupaba.

–Hay chiquillos capaces de cualquier cosa con tal de llamar la atención –era una expresión común de su padre al sacar a relucir el tema.

Siempre le preocupó el significado de esa palabra, que al parecer él olvidaba al poco misteriosamente. Entonces no se hablaba del asunto hasta que al cabo de cierto tiempo, a veces incluso varios años, volvía a repetirla de repente en una especie de éxtasis, pero ya siempre cuando soñaba.

–Era como si otra persona hablase por ti –le dijo en una ocasión su madre, que en cierta época y con frecuencia le acosaba a preguntas, siempre relacionadas con esa palabra. Dudas para las que no había respuesta.

Sólo sabía que nunca la pronunció de nuevo. Le causaba una profunda inquietud la simple perspectiva de hacerlo.

Era un *Pange Lingua* pensado.

Transcurrieron varios años. Ese episodio pasó a la cronología sentimental de su infancia y de su juventud como una anécdota más. Aunque nunca resuelta. Creció y casi olvidó. Se casó, se hizo policía. Y así estaba la historia, olvidada en un rincón grasiento e inconcreto de la memoria, hasta que sucedió lo de su hijo.

El niño tenía cinco o seis años. Cierta tarde en la que él no estaba de servicio y su esposa se había ido de compras, ellos dos se hallaban solos en casa. Tras insistir bastante, el crío consiguió que le dejase un radiotransmisor portátil de los que usa la Policía para comunicarse. Tenía un par en su domicilio. El chaval llevaba algún tiempo insistiéndole con el tema:

–Venga, sólo una vez, te lo prometo...

Quería ir al descampado que había cerca de la casa y comunicarse con su padre desde allí. Otro amiguito iría con él, aseguró. Ese niño, hijo de unos vecinos del edificio contiguo, ya estaba en la calle esperándole. Atardecía lánguidamente y faltaba poco para que oscureciese. Al final, tras cacarear varias veces que llevaría mucho cuidado en el descampado y que regresaría en pocos minutos, consiguió que le dejase el radiotransmisor. Recibió las instrucciones pertinentes. No cabía en sí de gozo. Se fue como quien lleva un tesoro en la mano. R. V. no pudo evitar sonreír. Después miró por la ventana en dirección a la calle y vio a su hijo que caminaba solo hacia el descampado. ¿Dónde estaba el amigo al que acababa de ver por la ventana? Inquieto, le gritó que regresase. Hizo gestos ostensibles. El ruido de unos motores cercanos ahogó su voz. El niño parecía no oírle.

–¿Y tu amigo? –vociferó de nuevo, y se encogió de hombros como un pasmarote, mirando desde la ventana y abriendo ostensiblemente las palmas de las manos.

El niño se giró y le dijo adiós con la mano. Lucía una amplia y serena sonrisa. Tampoco era cuestión de contrariarle dándole un disgusto, pero lo cierto es que iba poniéndose cada vez más nervioso. Decidió terminar cuanto antes aquel juego. Su esposa no tardaría en llegar. El crío acababa de perderse tras una tapia. Se comunicó con el niño varias veces para tenerlo controlado.

Desde la ventana no se veía todo el descampado, que quedaba en la parte trasera del edificio, uno más entre los muchos bloques de viviendas allí construidos. Menos mal que el niño cumplía su promesa y respondía siempre a las llamadas. La verdad es que él mismo no entendía el motivo de su inquietud y recelo, pero aproximadamente cada veinte segundos R. V. apretaba el botón para comunicarse:

–Control a Comando Uno, responda.

–Sí, todo bien.

–¿Seguro?

–Sí.

Oscurecía por momentos. Harto del jueguecito le conminó a que regresara de inmediato. Ya seguirían enredando otro día. Pero el niño le respondió que no, que por favor le dejase estar allí un poco más y que todo aquello era muy divertido.

Ocurrió todo de repente. Todavía ahora sigue bajo los efectos de aquella impresión. Oyó un golpe seco. Un chasquido. Y voces. Quizás una voz, pero como desdoblada, con eco. Parecía una interferencia radiofónica. Era una voz nasal y etérea, sin duda de adulto. También oyó otros ruidos, tal vez provenientes de la carretera cercana, que se mezclaban en la comunicación. Se le hizo un nudo en el vientre.

–¿Quién hay ahí, estás con alguien? –le preguntó a su hijo, cada vez más alterado. Sabía que sí.

Las voces, o la voz, continuaban en un flujo envolvente. El crío seguía sin responder.

Oyó una risa. No era la del niño.

–¡Vuelve ahora mismo! ¡He dicho que vuelvas! –gritó en vano.

Fue entonces cuando creyó oír una especie de forcejeo a través del radio-transmisor. También un gemido, como un llanto entrecortado. El sudor frío surcó su frente. Aún le sucede ahora, al revivirlo. Estaba ocurriendo algo. No sabía qué, pero algo. La sensación de impotencia lo atenazó, pero debía hacer algo.

Encaminó sus pasos hacia un cajón. Sin dejar de dirigirse a su hijo a través del aparato con la mayor calma posible, cogió la pistola y la introdujo entre la camisa y el cinturón. Permaneció anonadado unos instantes, sin saber qué hacer. No le respondían las piernas. Hubiera empezado a correr como loco si no hubiese oído lo que oyó. Era la voz de su hijo, por fin, aunque seguía habiendo otro sonido de por medio, como si ese dial de la radio hubiese interferido definitivamente en la comunicación. No se trataba de un lamento ni de una llamada de socorro. El niño lo había dicho riéndose.

Algo terrible fue silabeado con delectación por una voz gangosa y aguda que era la de su hijo.

Notó un mazazo en el rostro. Casi pierde el sentido por la impresión que le produjo oírlo. Tardó aún varios segundos en reaccionar. Le hizo moverse algo parecido a una descarga eléctrica en la espina dorsal. Tiró el radio-transmisor sobre el sofá y se lanzó escaleras abajo. Asido a la barandilla espiral, fue saltando los escalones de tres en tres. Corrió con la cabeza dándole vueltas y olvidando el riesgo de una caída al brincar por los bordillos y sorteando autos. Había dejado atrás el portal hacía rato y pese a todo tenía la sensación de que apenas avanzaba. Era como si caminara sobre alquitrán recién puesto. Como si el asfalto, súbitamente reblandecido, fuese pegándose a las suelas de sus zapatos. Unos cien metros le separaban del descampado. Cruzó la calle alocadamente, esquivó aún varios coches y un autobús a riesgo de ser atropellado. Llegó a la última esquina oyendo sus propios jadeos y claxons, pero todavía con la sensación de que algo le frenaba, como si el aire se hubiese vuelto sólido, enemigo. Le parecía correr contra un viento huracanado pero silencioso. Un viento que no agita las flores ni levanta del suelo los papeles, pero que está ahí para impedirnos avanzar.

El descampado se abría ya frente a él, surcando las incipientes penumbras, a unos treinta metros escasos. Siguió corriendo al tiempo que gritaba el nombre de su hijo y con una mano tanteaba la pistola del cinturón. Llegó al descampado. Gritó otra vez:

–¡Contesta! ¿Estás bien? ¡Oye...!

Allí no había nadie. Volvió a correr alocadamente de un lado a otro. Miró en una pequeña zanja y tras un montón de arena. Buscó entre la maquinaria de una obra en fase de construcción. Ni rastro del niño. Aturdido y exhausto, sintió ganas de ponerse a llorar. Nunca hasta ese momento, con el corazón a punto de reventarle, había sabido lo que significaba sentirse impotente para cambiar el curso de los acontecimientos. Se dio cuenta de que el arma pendía con flaccidez de su mano. No pensó en lo que dirían los vecinos si le viesen.

Así permaneció durante un espacio de tiempo indeterminado, quizás un minuto. Como un muñeco de trapo, empuñando la pistola y voceando el nombre del niño hasta que la voz se negó a salir del paladar. La amargura estaba produciéndole una instantánea afonía. Reaccionó en un arranque de ira y, luego de respirar profundamente varias veces para tranquilizarse y sofocar los latidos desbocados, regresó de nuevo corriendo hasta el portal. Tampoco allí había nadie.

Al poco, varios vecinos que lo habían visto salir corriendo del edificio iniciaron una búsqueda infructuosa del niño a lo largo y ancho de la calle, así como en unos callejones adyacentes. Levantaron incluso la losa de hierro que daba entrada a una alcantarilla. Transcurrió casi un cuarto de hora angustioso entre carreras, preguntas y sucesivas órdenes no llevadas a cabo.

Se disponía a dar parte a alguna patrulla para que lo ayudasen en la búsqueda cuando apareció su hijo con el radio-transmisor asido fervorosamente entre sus deditos y una radiante expresión de inocencia en los labios. Se mostraba sorprendido y algo avergonzado por el protagonismo que, sin pretenderlo, acababa de obtener en el barrio. No obstante, y quizá como reacción lógica a la tensión acumulada, R. V. creyó derrumbarse. Su primer deseo fue abrazarlo, cosa que hizo sin apenas intercambiar palabra con el niño. Pero lo segundo, casi de inmediato, fue zarandearlo con violencia y en público mientras le reñía, descargando así el nerviosismo que llevaba dentro. El pequeño se puso a llorar y luego subieron a casa. Todo había ocurrido en apenas quince minutos, pero le pareció una eternidad. Se arrepintió de haberle reprobado. Volvió a abrazarlo, esta vez estrujándolo materialmente.

–¡Qué susto me has dado...!

Incluso los padres más templados difícilmente consiguen evitar una reacción similar. Cuando, desnudo y sin protección, se entra en el interior del miedo en estado puro, en los arcanos de su anatomía, cuando se avanza por la bisectriz de su geometría secreta, el tiempo se hincha y contrae igual que plástico en el fuego. Adquiere formas monstruosas y, finalmente, desaparece. La propia contemplación de la estructura ósea del miedo produce alucinaciones, y el episodio del chico se lo confirmó. Aun cuando su hijo le dio una explicación sencilla de lo que había pasado, siguió interiormente preocupado. El amiguito con el que iba a ir al descampado le dijo, ya en la calle, que no podía acompañarle porque le llamaban desde su casa. Luego, sencillamente, no llegó a oírle cuando, desde la ventana, le gritó que regresase.

–Vi que decías algo, pero no entendí qué –dijo el crío con candidez. Como argumento era comprensible, y para tratarse de un chaval parecía convincente.

Camino de vuelta su hijo había ido dando un rodeo al descampado en dirección a la casa del otro niño. Pasó por allí para ver si estaba en el portal o en el balcón, y luego regresó. Un cuarto de hora. Pero fue despacio y con sumo cuidado, le aseguró a su padre, responsable. Se equivocó una vez de calle, dijo, aunque conocía bien la zona. Pasado el susto inicial, R. V. preguntó lo que más le interesaba:

–¿Con quién has estado hablando?, ¿por qué dijiste esa palabra extraña?, ¿dónde la has oído antes?

El niño no recordaba haber mencionado palabra alguna que se pareciese a la que su padre, cada vez más excitado, le repetía incesantemente deletreándosela con enfermiza meticulosidad. Era la primera vez en todos estos años que se atrevía a pronunciarla. Nada.

Habló con un hombre, reconoció el niño.

–¿De qué hablaste con ese hombre? ¿Te hizo algo, te pidió algo ese hombre?

–No. Únicamente pasaba cerca y me preguntó por el radio-transmisor.

El niño afirmaba vehemente que no hablaron más, pues el hombre se fue enseguida por un desnivel lateral del descampado.

R. V. insistía en que pudo oír voces y una especie de lamento.

–No me ha hecho nada, papá, te lo juro. Era muy simpático.

No tenía otro remedio que creer a su hijo, pero le dio precisos consejos para que nunca más volviera a ocurrir algo así. Una vez pasado el susto acabó por pensar que habría sido su propia imaginación la que lo traicionó, haciéndole oír cosas que realmente no oía. Al principio creyó que había olvidado parcialmente el disgusto, pero con el paso del tiempo tuvo la sensación de que su hijo había cambiado, y no es que el niño se comportara de otro modo, sino que él lo miraba con ojos distintos.

Lo observaba fría y largamente. Por ejemplo, se acostumbró a mirarlo mientras dormía. Nunca volvió a mencionarle nada relacionado con la extraña palabra ni con el tétrico episodio del descampado. Era preferible así. Además, el niño acostumbraba a actuar de modo prudente. Con el tiempo acabó por no pensar en ello. Lo olvidó a fuerza de intentar olvidarlo. Pudo más la voluntad que el poso de incertidumbre.

Ahora ha pasado mucho tiempo, pese a que la llaga aún supure. Sin dejar de mirar esas dos caras que le escrutan con respeto y en silencio, sigue caminando entre la niebla, sobre el cristal roto, sobre una capa de hielo tan fino que parece no existir. Camina en el vacío, a través de una espesa negrura con intermitentes destellos de luz. Sus recuerdos se agolpan de modo desordenado. No puede, no debe, no sabe hablar, pero recuerda.

Algo, en la magmática profundidad de su instinto, le dice que para esos dos hombres están transcurriendo unos segundos, unos minutos, pero en él pasan años enteros devastando su memoria, súbitamente despertada del letargo en que se hallaba. Las imágenes le cruzan al galope allende el cráneo, provocando un estruendo que nadie puede oír. De alguna manera lo sabe. Su instinto herido, pero no muerto, le susurra que es inútil efectuar gesto alguno. Para qué comunicarse si eso, posiblemente, agudice la certeza de dolor. Sólo el silencio y la quietud absoluta suponen un relativo alivio a la ansiedad que le producen sus visiones, un parcial enfriamiento en su delirio. Únicamente ha de recordar.

Y recuerda, se recuerda a sí mismo años después, trabajando ya en la Policía, cuando empezó a interesarse en el tema de los desaparecidos. Aquello entró en su vida como un virus maligno. Para cuando quiso darse cuenta, estaba literalmente corroído por dentro. No había escapatoria. Fue entonces, al entenderlo todo, cuando perdió el control de sus actos y disparó contra su familia, hiriendo a su mujer. Nunca debió haber hecho eso, o al menos no debió haberlo hecho así.

Aun haciéndolo de modo confuso y a menudo bajo los efectos de sedantes, había tenido casi quince años para reflexionar en torno a lo vacuo de ese gesto, a lo estéril de su furor. Y, sin embargo, no estaba arrepentido. No se dio cuenta de que reaccionaba de tan bárbara manera, en apariencia. Una fuerza superior le abocó a hacerlo. Todo se precipitaba en su entorno. Todo adquirió los caracteres de una tenebrosa pesadilla que no podía compartir con nadie y que lo devoraba minuto a minuto. Una pesadilla ante la que nadie podía ayudarle. Nadie hubiera sabido cómo hacerlo. Tampoco nadie le hubiera creído. No hubiesen querido creerle.

Simplemente, fue el escogido.

Quizá ya pudo haberlo sido de niño, pero algo falló.

No puede detener la irrupción de esos recuerdos. Impactan contra su pensamiento como el agua enfurecida de un canal que se desborda, arrastrando todo a su paso entre un crepitar de barro y remolinos. Algo se agita y revuelve en sus venas, pero sigue rígido como una estatua. Cree tener el cráneo lleno de fango, de aguas turbias y putrefactas. Sólo puede, sólo debe recordar. Y recuerda cuando, después de llevar trabajando más de dos años en el tema de los desaparecidos, pese a descuidar incluso determinadas áreas de la investigación que le estaban encomendadas, empezó a sentirse permanentemente en tensión. Tomó ansiolíticos, y luego sedantes más fuertes.

Notaba sensaciones inexplicables, y ya entonces creyó que en su interior se incubaba una enfermedad. Quizás una dolencia grave. La presentía. La sintió crecer igual que una mujer embarazada nota el aumento de peso y volumen de su feto. Se pasaba las horas mirando fotos de esos hombres y esas mujeres, de esos jóvenes, de esos niños o ancianos que se habían desvanecido en el éter sin dejar el menor rastro. Les miraba a los ojos durante minutos enteros intentando hallar una explicación al fenómeno. Convivía con ellos, integrado en ese mundo de fantasmas que poco tiempo antes tenían una vida perfectamente normal y ahora, sencillamente, no estaban en ningún lado. Aunque él sabía que tenían que estar en alguna parte. Donde fuese, pero estar.

Sin embargo, ya por aquel entonces empezó a acosarle una duda: ¿estar es existir? O, planteándolo a la inversa: ¿se puede existir de alguna manera sin estar realmente?

Esos seres y la ausencia dejada tras de sí se convirtieron en su auténtica enfermedad degenerativa.

Ha vuelto a contraer el rostro. Ellos lo notan, pero simultáneamente piensan que ese gesto no obedece a nada en particular. Un movimiento reflejo, quizá. Dejan pasar el tiempo, y los silencios se hacen incómodos. Los ojos de uno de los periodistas recorren otra de las hojas mecanografiadas que dejó el hombre que ahora tienen ahí. También en esas notas se habla de recuerdos, del hecho puntual de recordar, pero de un modo muy especial:

«Memoria atómica. Los sistemas atómicos originados a partir de ciertos estados ordenados retornan a su situación primitiva. El estudio de la cuantía con que el orden se recupera permite investigar determinadas interacciones muy difíciles de observar. Fenómenos tales como las colisiones moleculares introducen elementos de desorden en el orden oculto, dando lugar, por ejemplo, a una disminución en la intensidad del eco e incluso de la visión. En una muestra gaseosa se pueden seleccionar todos los átomos que tengan una velocidad determinada excitando la muestra con un haz de láser, monocromático y de onda continua, siempre que se use una frecuencia adecuada de resonancia.»

A partir de ahí no podían leerse las palabras porque había anotado algo encima, tachándolo después. Al final, de nuevo escrito a máquina, se leía:

«Si la frecuencia del láser es espectralmente pura, o sea, si se trata de una frecuencia única, tan sólo los átomos con una velocidad determinada se seleccionarán y prepararán de forma adecuada. Memoria nuclear. Algunos tipos de desintegración, incluso las producidas por colisiones al azar, se pueden invertir. Eliminando los efectos de desintegración de ciertos procesos es posible estudiar también otras interacciones con gran detalle, obteniendo una imagen más clara de la estructura o de las interacciones de la materia a escala atómica.»

Y no lejos la monja anciana hace ademán de agradecer los cuidados que le dedican las otras monjas jóvenes. Tiene fe, sabe que su existencia se consume como un fósforo. Ladeado el rostro sobre la blanca almohada encharcada de sudor, empieza a rezar de nuevo:

–*Credo in unum Deum, Patrem omnipotentem, factorem coeli et terrae, visibilium omnium...* –Pero parece quedar exhausta. No obstante, un rasgo de paz se dibuja en sus facciones cuando oye la voz de quien la cuida:

–Creo en un solo Dios, Padre Todopoderoso, creador del cielo y de la tierra, de todas las cosas visibles e invisibles...

Es una coincidencia. Tal vez.

«Las cosas invisibles», han pensado de pronto los periodistas al leer con detenimiento la nota. «El orden oculto», ponía aquella anotación. En el fondo, de eso se trataba. Es invisible, también, lo que en ellos queda a modo de rémora. Todo el cúmulo de sensaciones que los remite a las horas previas. Porque uno sigue mirando de soslayo la mancha de su camisa, y el otro no puede quitarse de la cabeza ese movimiento peculiar de los escorpiones en plena danza nupcial. Finalmente se abstraen en sus pensamientos al fijar la mirada en el hombre del sillón de mimbre.

Uno sintió un profundo y quizás injustificado desconcierto al ver cómo se manchaba por una negligencia rayana en lo infantil: permitir que ese terrón de azúcar cayese desde demasiados centímetros de altura. Tirarlo desde ahí. El otro se despertó bañado en sudor a consecuencia de la desagradable pesadilla a base de aguijones, palpos y quelíceros.

De nuevo, y desprendiéndose de lo que consideran sus pequeñas obsesiones, vuelven a posar la mirada en R. V.

Les parece inconcebible que un hombre con apenas estudios secundarios y tan sólo mediano lector, que jamás demostró, o al menos no lo dijo, atracción alguna por temas científicos, hubiese podido redactar e interesarse por aquello. Dichas notas, y cuanto más las miraban más se convencían de eso, sobre todo en presencia del que se suponía era su autor, constituían el elemento desconcertante e inclasificable de una personalidad marcadamente introvertida, con parcelas desconocidas. Eran precisamente esas notas las que cercenaban de raíz cualquier evolución en el esclarecimiento del problema. A más de quince años vista, y sin haberse encontrado aún el significado de las mismas, parecían responder, o al menos acompañar, a una de las fases por las que atravesó R. V. antes de caer en la crisis definitiva, en esa especie de síncope violento que le llevó, en apenas unos segundos, de la furia asesina y destructora a la inanidad más completa.

No obstante, aunque ha olvidado casi todo lo concerniente a la tensión producida por los pormenores de aquellas diligencias, puede verse a sí mismo en dicha época, todavía joven y con ganas de lucha, literalmente mordido por la curiosidad y el reto que suponía su investigación. Se ve quedándose algunas noches hasta altas horas de la madrugada, solo en los despachos de la Brigada Judicial, mirando los rostros de las fotos, leyendo por enésima vez sus nombres y las características técnicas de tales desapariciones. Todas semejantes pero ninguna igual. Hermanadas en lo inexplicable. Es confuso, pero lo recuerda como si fuese ahora.

Alguien le había comentado algo que logró inquietarlo sobremanera. Una información extraída de ciertos círculos y de ciertas prácticas. Le dijeron que si uno permanece en una habitación cerrada, en la oscuridad y con negativos de fotos que nunca han sido reveladas, es decir, aún no pasadas a papel fotográfico, comprueba que esas fotos acaban por emitir sonidos, hablan. Tienen vida propia. Reclaman su derecho a nacer. Aquello se lo contó otro inspector que, por motivos estrictamente profesionales, se vio obligado a trabajar en temas relacionados con el ocultismo y la parapsicología. Poco tiempo después ese inspector se permitió el lujo de hacer una broma macabra a costa de dicho comentario. Entonces él respondió escuetamente que todo aquello le parecía una insensatez. Su compañero repuso que hasta hacía pocos años la gente también se tomaba a broma hechos como la existencia de voces y sonidos de personas registrados en casas abandonadas en las que, eso parecía evidente, alguna vez vivió alguien. Lo que algunos policías escépticos llamaban «fantasmitas». Modernos y sofisticados aparatos de grabación subsónica habían venido a demostrar la veracidad de tales voces. «Hoy nadie pone en duda ese fenómeno», añadió su compañero con una sonrisa suficiente.

En realidad ese compañero trataba de prolongar en tono jocoso una conversación que a R. V. le incomodaba instintivamente. Ese compañero acabó dejando el Cuerpo Superior de Policía por problemas con la bebida. Fue un proceso curioso: empezó a beber, sin más, y a los pocos años estaba totalmente destruido.

Tal vez a dicha época se remontaba una de las anotaciones:

«Influencias psíquicas. Experimentos de Jürgenson, Bender, Senkowski, Wenzel y principalmente Klaus Schreiber sobre figuras aparecidas en la pantalla del televisor. Faceta visual y tangible del último citado en contraposición a las investigaciones del resto, más centradas en el factor acústico. Versiones tendenciosas y comerciales. Habilidad para rebajar al nivel de puras patrañas lo que es muy serio. No siempre parece posible una descripción de determinados fenómenos en base a los actuales principios de la física.»

Fue precisamente esta nota la que llamó la atención de uno de los periodistas, que incluso llegó a decirle a su compañero que lo escrito ahí por fuerza debía de tener relación con la tesis platónica según la cual formas ocultas llenan el universo.

La verdad es que poco a poco pasaron las semanas y cierta idea le rondaba por la cabeza. Lo decidió: una noche en la que no hubiese nadie de guardia en el Departamento se encerraría junto a aquellos negativos aún no impresos en papel fotográfico. Escogería alguna de entre las muchas carpetas que había en los archivos policiales. Las fotos de los desaparecidos, mayormente facilitadas por los propios familiares, eran de distintos tamaños, formato y calidad. Para una ordenación útil del material, de todas esas fotos se sacaba una copia en negativo, que luego solía distribuirse por comisarías, por ejemplo si se trataba de órdenes de búsqueda y captura. La copia original, pues, se le devolvía a los familiares. Unos negativos eran pasados a papel. Otros no. De éstos había decenas, cientos. Con los años iban acumulándose. Y según la extraña teoría de su compañero, que R. V. siempre había entendido como una especie de fábula ciertamente siniestra, todos esos negativos esperaban que alguien los hiciese nacer.

En aquellos días de permanente alteración también él bebía cada vez con mayor regularidad. El caso del otro policía, que alcanzó el punto álgido precisamente en tales fechas, le desazonó aún más. Nunca antes lo había hecho. Nunca creyó que la debilidad o el temor al futuro y a lo incierto pudieran superarse con la ayuda del alcohol. Le servía para evadirse por momentos. Tomaba cognac y, de tanto en tanto, vodka.

Se recuerda esa noche, solo en el Departamento, rodeado de carpetas de plástico con fotos de desaparecidos. Puede revivirlo como si sucediese ahora mismo. Esa noche no ha bebido. Nada, ni una gota. Últimamente su nerviosismo es tal que siente arcadas con sólo llevarse un vaso a los labios. El simple olor a vodka lo marea.

Uno a uno se han ido sus compañeros, extrañados

de que siga ahí, en su mesa de trabajo, revolviendo carpetas, papeles y fotos. Por fin se ha quedado completamente a solas. Suena un teléfono interior pero no lo coge. Los de guardia están en otra sala. Puede accederse a la calle sin pasar frente a ellos. Cierra con llave el despacho, saca una carpeta con los negativos. Observa algunos a la luz incisiva y directa del flexo. Piensa en el triste destino de toda esa gente. Aquello le parece ridículo, pero tiene que hacerlo. Un sexto sentido se lo exige. Por la mañana, quizá dentro de unas pocas horas, se arrepentirá de todo esto. Pera da igual. Ha llamado a casa para decirle a su mujer que posiblemente esa noche no irá a dormir o en cualquier caso llegará muy tarde, que no le espere. Tiene guardia, dice mintiendo pero con voz firme. Debe acompañar a una patrulla por una zona periférica de la ciudad.

–Quédate tranquila que no tenemos ningún lío peligroso. –Luego le pregunta por el niño.

–Está durmiendo como un tronco con su osito, ya sabes...

–¿No es un poco mayor para andar aún con peluches? –inquiere él, y su esposa ríe. Ha conseguido tranquilizarla.

Está más o menos acostumbrada a esas ausencias nocturnas, pero maquinalmente le aconseja que tenga cuidado. Se despiden con la frase ritual de «Buenas noches».

En las últimas semanas, y al final de la jornada, con frecuencia ha hecho lo mismo: coger el auto y dar vueltas y más vueltas por las calles de la ciudad, a menudo yéndose hasta barrios alejados. No sabe para qué lo hace, qué impulso le aboca a realizar tales trayectos en solitario. Simplemente mira. Busca algo. No tiene ni idea de qué puede ser, pero indaga visualmente con un afán que llega a preocuparle. Salvo en el detalle de la patrulla a la que debe acompañar, sólo miente a su esposa en parte. Con frecuencia, en esos paseos nocturnos el corazón se le acelera de improviso. Nada alarmante ocurre a su alrededor, pero ahí sigue ese bombeo precipitado de su sangre. Es como una taquicardia pertinaz, aunque en las recientes revisiones médicas no había ni rastro de problemas coronarios.

Entonces detiene el auto y procura serenarse. Respira hondo y se fuma un cigarrillo. Luego vuelve a ponerlo en marcha y sus ojos siguen recorriendo calles vacías, vehículos estacionados, luces en las ventanas, siluetas humanas que se mueven al amparo del neón o alumbrado eléctrico y que se ganan la vida como pueden. En varias ocasiones se vio sorprendido por la bruma matinal, anonadado y a veces aterido de frío, luego de que la noche hubiese transcurrido para él como un inexplicable hiato, como algo no mensurable que simplemente lo dejó cansado y con una sensación de vacío en la conciencia.

Pasan los minutos y continúa observando esos negativos con detenimiento. No sabe si se adormila un poco, pero en cualquier caso, se amodorra.

Es entonces cuando cree ver algo, una imagen que atraviesa lentamente la córnea, la esclerótica, el iris, la zona pupilar, la cámara anterior, y se queda suspendida ahí, en el cuerpo vítreo. Cuando deslumbra el sol en la playa, pese a tener cerrados los ojos, se siente algo parecido. Pero esa noche hay algo especial en el ambiente. Quizás una humedad anómala. Ya lo notó hace un rato, al salir a por un bocadillo al bar de enfrente. Ha colgado con pinzas varias tiras de negativos. Está rodeado de ellas.

Parece un submarinista al que circundan multitud de tentáculos de actinias, hidras y medusas de grandes proporciones. Por su quietud no da la sensación de que acechen. Pero ocurre algo.

De tanto en tanto, al efectuar un movimiento por el despacho o al moverse en un sillón, algo en el interior de las tiras se agita levemente. Al fijar la mirada, nada se mueve. Recuerda la sensación de los fosfenos, esas manchas móviles que cruzan por nuestro ojo aun teniéndolo cerrado. No le da importancia. Sus músculos se destensan. No sabe cómo, pero va quedándose dormido. Sólo una cabezada. Profundamente dormido. Su frente reposa ya sobre la superficie de la mesa. Le reconforta la frialdad primitiva y suave de la madera. En un torpe movimiento cree apagar la luz del flexo y piensa que está demasiado agotado, que necesita descanso. Va a dormirse, lo nota. Conviene estar espabilado. Lucha por vencer el sueño, pero es inútil. La tensión de las últimas semanas le está pasando factura. Dormirá sólo unos minutos. Sí, una cabezada.

Se desvanece en medio de un ruido parecido al del crepitar de las brasas, el crujido de hojas resecas, el chasquido de dientes.

Rueda. Rueda por un pozo negro y sin fin, sin inicio ni salida. Puede verse a sí mismo, tumbado sobre la mesa en la oscuridad total, durmiendo. Como si en ese momento le filmasen con una cámara provista de infrarrojos.

Sucede de pronto. Un grito. Ahí mismo, en el despacho. O quizás en el pasillo cercano. Y otro grito. Luego, una maldición. Y una jaculatoria. Más voces. Una carcajada. Y risas. Conoce esas risas. Nuevos gritos. Lamentos. Alguien canta. ¿Es una fiesta? ¿Le están haciendo daño a alguien? Se pone en tensión como un felino acorralado.

No, no es posible. Cree estar soñando, pero la adrenalina se ha desparramado por todo su cuerpo en un instante. El timbre agudo de la voz de una mujer anciana hace que abra los ojos, asustado. No ve nada, sólo oscuridad. Sigue sentado e inmóvil. Oye voces por todos lados. Ahora los gritos y los lamentos parecen provenir de lo lejos. De nuevo duda si está soñando. Prácticamente a ciegas, intenta encontrar el arma que dejó sobre la mesa. No está. Va palpando aquí y allá. Tira al suelo varias carpetas y un cenicero. Es entonces cuando sus ojos, acostumbrados ya a la oscuridad casi absoluta, se fijan en los destellos luminosos que se mecen frente a él, detrás de su nuca, en sus costados. Intenta dar la luz del flexo pero también lo vuelca. Logra cogerlo por el cable cuando estaba casi en el suelo. Esos destellos zumban como mosquitos.

–¡No puede ser, no...!

Se levanta y tropieza. Abre la boca desmesuradamente no dando crédito a todo aquello. Un impulso animal le empuja hacia la puerta de salida, situada a unos cuatro metros. Va hasta allí sacudiéndose como si de su cuerpo colgasen seres repugnantes. Observa las tiras de negativos igual que inmensos pulpos suspendidos del techo. Son tiras de luz fosforescente que danzan ante sí. Está aterrorizado. Casi sin querer mira con atención una de esas tiras. A pocos centímetros. En un primer momento ni recuerda qué había allí, en aquellos diminutos rectángulos.

Luego siente un pinchazo entre las cejas. Los párpados le pesan, como si tuviese cola adhesiva en sus pestañas. Eso de ahí son los negativos colgando, tal y como los puso un rato antes, y va recordando paulatinamente, en proporción directa al aumento de su pavor. De forma instintiva coge una tira colgante con una mano. Pero otra tira se le enrosca parcialmente en el cuello como una larga culebra. Eso cree. Con su mano libre ha asido la cerradura de la puerta. Da una vuelta a la llave. Dos. No abre. Nota un sabor ácido en las encías y apenas consigue dominar el temblor del labio inferior. Nuevas tiras se adhieren a su piel con saña, como si él fuese un imán. Cree llevar limacos y cangrejos colgando. Los dientes le castañetean. La puerta sigue sin ceder. Su mano sudorosa resbala sobre el pomo de metal.

Siente que se le comprime el pecho. Algo se lo estruja. Es imposible, piensa. Tras apartárselos de la cara, vuelve a mirar hacia esos gusanos de luz y ve rostros que se balancean, que giran el cuello grotescamente trescientos sesenta grados, una y otra vez. Ve ojos que parpadean y labios que se mueven. Ve bocas que escupen y se retuercen en contracciones inverosímiles. Ve la cara de un joven que llora y parece suplicar algo, aunque no lo oye. Varios centímetros más abajo, en cambio, otro hombre de bigote y mirada oscura ríe estrepitosamente, ahí, casi inmóvil, en el negativo. Es una risa líquida que le hiela la sangre. Esta vez sí, la ha oído con toda nitidez. Los tentáculos de luz le rozan por todas partes. Se mueven como lianas que agita el viento cálido de la jungla anunciando las tormentas monzónicas. Cree que se ahoga. Empuja con todas sus fuerzas y finalmente cede la puerta.

Le duele la zona de la clavícula y el omoplato a causa del golpe. Algo le escuece hasta producirle dolor en el fondo de sus ojos, casi en la parte posterior del cráneo.

Grita, aunque duda si su voz habrá llegado o no a salir. Vuelve a tropezar ruidosamente antes de alcanzar el pasillo, ahora con la papelera. Dando tumbos llega hasta otro despacho. Allí consigue conectar una lámpara. Jadea con dificultad, en un gorjeo lamentable. En la planta de abajo los de la garita se preguntan: ¿qué ha sonado? Pronto lo olvidan.

Hace ademán de sentarse, pero no. Debe escapar de inmediato. Huir. Sólo entrará en ese despacho, en su propio despacho, cuando sea de día y haya más compañeros en el Departamento. Teme haberse vuelto loco. Sale a la calle por una de las puertas laterales, bañado en sudor y con las sienes a punto de estallarle. Otra vez se repite en voz alta que no puede ser lo que le está pasando. Por suerte las llaves del auto están en el bolsillo de su pantalón y no en la chaqueta, que dejó en el despacho. El arma reglamentaria se ha quedado dentro, pero le da igual. Por nada del mundo entraría de nuevo ahí. Ha de irse lejos, serenarse.

Le cuesta arrancar el motor del auto. Ha perdido destreza en el tacto. A tenor de la tibia oscuridad que se condensa en las calles piensa que debe de ser de madrugada. Cerca de las seis, quizá. Todo parece recubrirlo una capa de fino barniz, rocío inconfundible en esa época del año. La temperatura es baja, pero su cuerpo aún sufre pequeñas y dolorosas sacudidas. Lo que sintió allí dentro observando las tiras de negativos cosidos por sus extremos con sencillas pinzas de ropa es lo más parecido a lo que, imagina, ha de ser una poderosa descarga de alta tensión. Y aunque ha salido indemne a la primera dentellada de esa rara electricidad, sabe que todavía padece sus secuelas. Como la debilidad o los escalofríos que nos acosan durante e incluso después de una fiebre. Los poros de su piel, que estuvo erizada bastante rato, se han impregnado de un raro magnetismo que en cualquier caso ha afectado su sistema psicomotriz.

Ahora, en la sala del *Balneario*, R. V. mueve ligerísimamente una rodilla, pero no se dan cuenta. Las líneas de su faz arrugada llegan al pensamiento de la anciana monja moribunda. Él la recuerda. Ella lo cuidó y lo protegió desde las sombras. R. V. siempre fue su secreto.

Uno de los periodistas, todavía sentado enfrente, lee otra anotación.

«Movimiento ocular de las personas esquizofrénicas. Tesis de Huberman. Las imágenes en movimiento se aquietan en la retina. En los esquizofrénicos, en cambio, se registran sucesivos e injustificados saltos en el movimiento de la retina. Formas desfiguradas por torsión, extensión o compresión. Sistemas no lineales. Interacción flexible. Relatividad de las ideas euclidianas. Lo que es especialmente complejo suele clasificarse de irreal. Largo, Ancho, Alto. Conjeturas de Poincaré sobre espacios de cinco dimensiones. Aplicarlo a la visión.»

Él sólo puede seguir recordando. La noche. Piensa qué sucedió. Reconstruye los hechos acaecidos en aquellas últimas horas. Acontecimientos que en realidad acaban de suceder en su cerebro y que sin embargo se le antojan alejados en el tiempo. Éste se escapa como volátil arena de una playa en pleno vendaval de invierno. Aun postrado recapacita con la paciencia del agrimensor que mide tierras hasta la justeza infinitesimal. Se sitúa en la escena de aquella noche. ¿Qué le está ocurriendo? Ya sentado en el coche y circulando por las calles, se lo pregunta una y otra vez. De forma incoherente menciona a Dios en voz alta y acto seguido se sorprende de haberlo hecho. Precisamente él, que carece de cualquier tipo de fe.

En aquellos momentos, dentro del auto, la duda le asfixia. Algo, en su garganta, parece impedir que trague saliva. Sólo lo consigue haciendo grandes esfuerzos. No sabe cuánto rato lleva sumido en ese periplo sin rumbo a través de las calles casi vacías de gente. Ve un camión de recogida de basura y una furgoneta de reparto. Empieza a lloviznar. Afloja un poco la marcha y comprueba que lleva puestas las luces de posición. Conecta el limpiaparabrisas. Ese movimiento le distrae, le hipnotiza. Izquierda, derecha, izquierda, derecha. El ruido monocorde de la goma sobre el cristal.

El cristal también lo deslumbra, y eso que apenas le llega la débil luz de unas farolas. Si lo mira fijamente tiene la sensación de que puede romperse de un momento a otro, llenándole el auto, salpicándole el rostro, clavándose múltiples y minúsculas partículas en sus ojos como dardos transparentes. Las gotas de la lluvia se desvanecen y vuelven a plagar su visión de puntos luminosos. Está pasándole algo, ahí, tras la frente, y pese a lo hipocondríaco que siempre fue, sabe que no se trata de un tumor cerebral.

Siente mareos, un principio de náusea. Tal vez habría de comer algo. Anoche no cenó más que aquel pequeño bocadillo, y dejó la mitad. Si hubiera bebido, ahora mismo estaría vomitando. Otra vez respira hondo y, sin detener el motor del auto, lo estaciona junto a un bordillo pisando parcialmente la acera.

Cierra los ojos y apoya la cabeza, pesada y lentamente, sobre el reverso de sus manos, que siguen asidas al volante con desesperación. Tras permanecer así unos instantes, se reclina y deja caer la nuca sobre el mullido respaldo del asiento. Todo le da vueltas. Presiona aún más los párpados para no ver nada, como si cerrando los ojos con fuerza, negándose a mirar, pudiese olvidar todo. Nacer de nuevo y ser otra persona.

Cerrar los ojos. Dar vueltas y vueltas como una espiral de humo. Y esa vibración aguda en los tímpanos. Algo se revuelve en su estómago. Algo está ocurriendo en su interior y no puede evitarlo. Otra vez le sobreviene la sacudida: una imagen empieza a entrar a través de sus ojos cerrados. Ya ha rebasado el cristalino y se dirige hacia la retina. Lo nota. Y, sin embargo, no está mirando nada.

Uno de los periodistas permanece callado y serio frente a él. Respeta su silencio, aunque le incomoda más cada momento. Tantea otro de los folios con notas de ese hombre que parece observar un punto concreto de su pecho, como si la pequeña mancha dejada por el café sobre la camisa hubiese cautivado de pronto toda su atención. No supone que R. V. cree distinguir vivos y sugerentes colores, parecidos al anaranjado fosforescente de los conos de tráfico, como los que pudo ver aquella noche, quince años atrás. Colores que configuran inquietantes formas en su imaginación. Han leído demasiadas veces esas notas como para volver a repasarlas ahora, en voz alta y en presencia de quien las escribió. Así que lee para sus adentros:

«La Resonancia Magnética revela la distribución de los átomos al ser aplicada a los cuerpos sólidos. Si el experimento se efectúa con una zona cualquiera del cuerpo humano, de inmediato se generan imágenes de la estructura interna sin necesidad de emplear rayos X. Es un método convencional de radiografía que, no obstante, presenta una limitación fundamental: es incapaz de distinguir entre estructuras superpuestas. Hasta que no se supere ese escollo seremos ciegos.»

–¿Necesitan algo? –pregunta desde la puerta de manera brusca e imprevista uno de los enfermeros, al que no conocían, haciendo súbito acto de presencia en la sala.

–No, gracias –responden en tono suave y acompañando su negativa con un gesto de cabeza, pero sin olvidar una sonrisa de circunstancias.

El periodista duda si es posible que R. V. se haya fijado en esa manchita. Juraría que la miró. En cualquier caso ese gesto significaría que reacciona, y no lo parece. Tal vez sólo lo hizo un momento. Vuelve a mirar su rostro inexpresivo. Pero es como bracear entre las aguas en plena noche. Decide seguir, varios renglones más abajo, en lo que debió de ser un añadido puntual a sus propias anotaciones después de meditarlas a fondo:

«Colores primarios del espectro solar. Amarillo, rojo, azul. Resultado de la superposición de los tres colores primarios. El negro. Partición múltiple del color negro. Resonancia Magnética Nuclear del negro. Aunque parece cierto que normalmente es posible obtener una imagen bidimensional en menos tiempo que una verdadera imagen tridimensional, esta última puede diseccionarse a voluntad en un gran número de cortes, de modo que el tiempo de obtención de una imagen por plano se reduce considerablemente.»

La saliva se condensa en la comisura de los labios de R. V., que ha ladeado ligeramente la cabeza. Continúa recordando y las imágenes le llegan como arañazos. Su sangre ya no se espesa al recordarlo, igual que ocurría antes. A pesar de todo, para él sigue siendo algo inexplicable cuanto sucedió aquella madrugada.

Continuaba con los ojos cerrados y la cabeza apoyada en el asiento del auto cuando tuvo la sensación de que estaba rodeado de luz. Como si se hubiese hecho de día en un instante. Y al mismo tiempo empezó esa música lejana. Parecía la reverberación de un órgano del que uno de sus registros no hubiera sido desconectado. A veces aún lo oye. Es un sonido que se funde con la creciente e irregular vibración de sus tímpanos. Se trata siempre del mismo órgano. Pero entonces todavía era novedoso. Quizá se hubiese dormido sin darse cuenta, pensó. Quizás alguien había puesto la radio en algún coche cercano. Quizá soñaba y también lo sucedido en comisaría fue un mal sueño.

Miró el reloj. La luz menguaba. No se había dormido. Abrió más los ojos, frotándoselos con brío. Se hincó las uñas en las cejas. Estaba sumido en una repentina zozobra. Tenía que pensar con coherencia. Era aún de noche, pero amanecería en breve. Pudo percibirlo en la peculiar tonalidad del asfalto, en los árboles con sus gráciles ondulaciones en el ramaje, en el perfil soberbio de unos edificios lejanos y superpuestos sobre otros edificios más alejados. El cielo continuaba oscuro y lleno de presagios. Tal vez allí, en el horizonte, tras aquellos edificios de bastantes pisos, la claridad ya triunfaba luego de su pugna diaria contra las tinieblas.

Sin embargo, tuvo la sensación de que iba solidificándose esa luz especial de su entorno. El limpiaparabrisas seguía conectado, aunque ya apenas llovía. Al frotar el cristal en ese trayecto repetido de apenas ciento ochenta grados, la goma causaba cada vez más ruido. Aquella especie de tenue resplandor envolvente le producía una sensación de asma. Tenía necesidad de tomar aire y respirar. Esa luz, que no provenía del cielo, ni de ninguna casa, ni de ninguna farola de la calle, hizo que se bajara lentamente del auto. Estaba magnetizado por ella.

No vio de dónde provenía, pero oyó su llamada. Tampoco allí había nada que produjese esa música, esa vibración. Se movía imantado, de nuevo.

Fue entonces, lo recuerda como si las imágenes las trazase sobre su cerebro un cincel con la punta de diamante, cuando sintió una dolorosa punzada en la tráquea, entre los pulmones. Tuvo que abrir desmesuradamente la boca, pues se ahogaba por momentos. Caminó un poco. La brisa en el rostro logró aliviarle en parte. Los focos del auto estaban apagados. Las luces de unos bloques próximos quedaban retiradas, lo mismo que dos farolas de un parque sito en el extremo de la calle. Y a pesar de todo pudo verlo con precisión. Iba a ocurrir en apenas unos segundos.

Sintió un tirón en el cuello que le obligaría a mirar hacia la izquierda.

Giró lentamente su cabeza y lo vio allí, caminando por la acera. Más bien parecía arrastrarse, reptaba. Era un mendigo, muy pobre a juzgar por su aspecto. Llevaba un abrigo largo colgándole hasta más abajo de las temblorosas rodillas. Lucía una espesa y descuidada barba, y un macuto de tela de saco le pendía del hombro. Andaba mirando al suelo. Había algo de vaporoso en esa figura, o quizá desenfocado. O de ambas cosas a la vez. Como cuando, al revelar una foto, la observamos sumergida en el agua mientras sobre la imagen progresivamente impresa se agita la superficie del recipiente. Algo se distorsiona en la imagen original, como si se deshiciese por efecto del calor. Pero aquélla era una figura humana.

Ese cuerpo deteriorado no está dentro de una cubeta de plástico o metal, se dice a sí mismo para darse ánimos, ni va imprimiéndose poco a poco sobre papel. Aunque lo parece.

Recuerda todo hasta el menor detalle. Se transporta mentalmente a aquella situación, más para seguir soportándola que para entenderla, cosa que nunca hizo. De hecho vive prisionero ahí, no ha logrado salir aún de ella. Desconoce la causa, no le importa de dónde viene ese impulso imparable, pero al recordar obedece los dictados de una ciega agitación que lo consume.

Tras regresar al auto y ponerlo en marcha, inicia un lento y silencioso seguimiento a distancia del mendigo, que camina despreocupadamente a unos veinte metros, en la otra parte de la calle. Luego cruza el parque. Para no perderlo de vista debe aumentar un poco la velocidad y tiene que rodear una arboleda. Vuelve a tenerlo ahí, inmutable en su caminata aparentemente sin sentido, pues varias veces cambia de acera sin decidirse a ir a parte alguna. No circulan coches. De ese modo transcurren unos diez minutos, quizás algo más.

En ningún momento se pregunta por qué está siguiendo al vagabundo, uno más de entre los muchos que a esas horas empiezan a pulular por los barrios de la ciudad. Simplemente le sigue como si ese hombre lo arrastrase, como si fuese el foco nuclear de la luz que lo atrae desde hace un rato. Tampoco se pregunta qué tipo de calambre le obligó a girar la cara y mirarlo, pero aún siente doloridas algunas vértebras y el cuello. Fue una reacción muscular. Ahora la espesa claridad parece haberse extendido por la atmósfera. Procura centrarse en el tipo. Distingue sus ropas llenas de remiendos. Aún no le ve el rostro. Sólo sabe que tiene abundante pelo canoso y una barba desaliñada.

Pero ve algo más. Tal vez una especie de aura que rodea su silueta. La sensación es similar a la de observar un fósforo encendido con unas gafas cuyos cristales están sucios. Esa aura se desvanece a cada parpadeo, y vuelve a formarse en su retina cuando fija la mirada en la figura. No sabe si se trata de la silueta o del aura apenas perceptible que le rodea, pero algo le deslumbra, aunque no hasta el punto de hacerle bajar la vista. Más bien al contrario, consigue que la mantenga fija. De nuevo el imán incandescente y la sensación ya no de que incuba algo, sino de que está siendo llenado por algo.

Es justo en ese momento cuando el mendigo se detiene y se gira de repente, mirando en la dirección en la que él se encuentra. Le ha visto, o por lo menos ha observado el auto con atención, como si supiera que le está siguiendo. Toca el freno. Los tobillos le tiemblan. Entonces nota una aguda y renovada flojera que vuelve a recorrerle, abrasadora, brazos, piernas. A pesar de la distancia, cree distinguir sus ojos, su mirada. Y descubre el poso de la misma.

De pronto ha sentido la plenitud de la luz solar impactando en sus pupilas.

–¿Qué me pasa? –murmura en un gemido, casi en una silenciosa súplica.

Le ha mirado, sí. Las manos, débiles y carentes de sensibilidad, sueltan el volante como si quemase y caen en su regazo. Le ha mirado apenas un segundo, pero lo ha hecho en el instante preciso en que salía el primer rayo de sol del día. No entiende qué es todo aquello, y sólo consigue amortiguar un poco la agitación de sus rodillas. Hace crujir los cartílagos de sus dedos y toma de nuevo el volante, después de secar el sudor de las manos frotándoselas contra la camisa. Siente escalofríos.

Simultáneamente a que se consuma ese recuerdo, la religiosa moribunda vocaliza:

–*Et iterum venturus est cum gloria indicare vivos et mortuos: cuis regni non erit finis.*

En un eco respetuoso repite la joven monja:

–Y ha de venir otra vez con gloria a juzgar a los vivos y a los muertos. Y su reino no tendrá fin.

Postrado en su sillón de mimbre, él se desangra recordando aquellas horas. Para que sea así y siga recordando, en una simetría ideal la anciana se desangra pulmones adentro. Ella lanza una expectoración granulada y negra. Crispa los labios azulados, aprieta la mano de la joven monja. R. V. se ve de nuevo al volante. Recuerda la sensación de los escalofríos.

Algo nace en su retina. Ha ocurrido de pronto y cortándole la respiración, pero en cierto modo lo ha hecho de forma pavorosamente hermosa. Como el nacimiento de una estrella. Aunque aquello le embriaga, está muy asustado.

Y ahí, en esa constelación en la que acaba de adentrarse impulsado por una fuerza huracanada, aparecen dos pequeños y opacos astros. Se trata de dos personas. Tarda algunos segundos en darse cuenta. Son hombres de mediana edad que caminan en dirección al mendigo. Los ve llegar por la acera. Van hablando y uno de ellos gesticula. El otro lleva un maletín de cuero en la mano. Uno va encogido bajo su gabardina, y el otro parece atenderle con aspecto de cansancio. El mendigo se queda estático. Están a pocos metros.

Se acercan. Seis, cinco. Diríase que no le han visto. Van a tropezar con ese tipo de la barba. Cuatro, tres. Contempla la escena cada vez más alterado. Como empujado por un resorte, camina hacia allí precipitadamente. Está en el otro lado de la calle. Tan sólo unos pasos separan a esos tipos del hombre, y parece que siguen sin darse cuenta de que está ahí. Quiere avisarles. En su pulso suena una alarma. El mendigo los mira impávido. Cruza un autobús, por lo que R. V. debe pararse y dejarlo pasar. Pero aún tiene tiempo de ver, nada más pasar el autobús, cómo los dos hombres tropiezan con el mendigo.

Impactan con él.

Hay un segundo estallido en el fondo de su retina.

La luz se ha hecho más intensa. También la reverberación del órgano. Esa nota grave que horada sus sentidos, sostenida, monocorde y extraviada en la atmósfera. La estupefacción está tragándoselo como si caminase sobre arenas movedizas o la traidora hojarasca del tremedal.

Se ríe hacia dentro, incrédulo y sobrecogido, con una especie de chasquido gutural que instantáneamente le seca la boca. Ríe de miedo.

El brillo cegador de la estrella va apaciguándose.

Han pasado sobre el mendigo. Han chocado de frente contra él, pero no se han dado cuenta. Lo atravesaron como si fuese transparente, de aire. Todo sigue tranquilo.

Nota que sus sienes van a saltar en pedazos. Mira hacia los dos hombres que, sin dejar de hablar, se pierden por la acera. Luego dirige su vista hacia el mendigo, quien reinicia la caminata como si nada hubiese ocurrido. Lo ha visto todo a escasos metros. Piensa en ello y de nuevo se pone a temblar como si la fiebre lo consumiera, incapaz ya de controlar la zozobra que sacude su cuerpo de arriba abajo.

Han traspasado literalmente a ese hombre.

En otras tres ocasiones puede contemplar el fenómeno óptico que se gesta ante sus ojos, y esos ojos asediados forman un epicentro atónito. Lo ve aún más cerca. Junto a un semáforo, mientras cruza un paso de cebra y a la salida de una boca de metro. Las calles van poblándose de transeúntes. El mendigo no se aparta del camino de la gente, que a veces lo roza y otras pasa a través de él. La consternación lo envuelve y abraza haciéndole sentir como si estuviera dentro de una burbuja. Esto es imposible, va diciéndose para sus adentros en un intento de reaccionar, de despertar de lo que debe de tratarse de un delirio en toda regla.

Pero pasan los minutos. Dura demasiado para no

estar ocurriendo. Se pellizca, sacude la cabeza. Todo sigue igual. No logra apartar los ojos de esa silueta que de pronto, y tras agacharse a tocar unas latas, aunque sólo ha llegado a palparlas, tuerce por un callejón y abre con dificultad una portezuela metálica situada poco más allá de unos contenedores de basura, al final de una estrecha acera. Tiene que dar rápidas zancadas para no perder su rastro. Están en una zona industrial, a las afueras de la ciudad.

El mendigo ha entrado por la portezuela oxidada, que permanece semiabierta. Un leve haz luminoso proviene del interior. Sigue los pasos de la figura encorvada. Siente más miedo que en toda su vida, pero a pesar de ello va hacia delante. Al cruzar el umbral de la portezuela ve una escalera que desciende hacia lo que deben de ser pisos o niveles subterráneos, tal vez cloacas. Sin embargo, piensa que el sitio por donde acaba de entrar no es un acceso a las cloacas. Hay poca luz. Más bien parece un gran almacén, una antigua fábrica, acaso una fundición en desuso. La luz existente es de un tono plata apagado, como la que producen las lámparas de gas. Oye murmullos a lo lejos, ruidos, voces.

Ante ese nuevo elemento acústico tiene la sensación de estar cerca de un mercado subterráneo instalado en las entrañas de la ciudad. Desciende con cuidado por unos escalones de hierro, parcialmente comidos por el óxido. Procura no delatarse. Camina casi de puntillas y le parece que lleva bastante rato bajando. Se encuentra a bastantes metros de profundidad. El aire se enrarece.

Sus movimientos son cada vez más parsimoniosos. Los mide, los sopesa. Cree haber bajado unos treinta metros bajo el nivel de la calle. Tal vez más. La distancia equivalente a un moderno edificio de unos doce pisos, lo cual resulta imposible. Por lo que puede ver, la escalera no tiene ningún acceso lateral. La única salida, aparte de por la que entró, debe alcanzarse desde abajo, en torno a la luz de donde provienen los murmullos y las voces que paulatinamente aumentan de tono. Algo le dice que huya, que escape pronto de allí. No lo hace.

Mira hacia lo alto y en la penumbra distingue un cilindro surcado de escalones. Ese lugar tiene apenas dos metros de diámetro. Le parece mentira haber descendido por ahí, y sin embargo los latidos del corazón sofocan en parte su sensación de claustrofobia. Está demasiado lejos de la salida como para volverse atrás. Demasiado cerca de la luz que proviene de la base de esa escalera como para resistirse. Siempre se ha crecido ante situaciones adversas. No, no huirá ahora. Llega al final tras descender otros ocho o diez escalones firmemente asido a la barandilla. Todo es de hierro. El suelo y también las vigas que deben de ser la estructura de ese sitio, le recuerda al interior de un portentoso dinosaurio. Su esqueleto ha llegado al final de la escalera.

Entonces empieza a percibir una rara fluorescencia en su entorno. Atraviesa una estancia de reducidas dimensiones. Ve riostras goteando, y una especie de gárgolas obturadas con papel lleno de moho y grasa. Los murmullos vienen de ahí al lado, cada vez más cerca. En cambio, no hay ni rastro del hombre al que seguía. Se ha esfumado.

Luego de caminar varios metros por un pasillo angosto y húmedo, intuye la cercanía de una gran estancia. Se oye un goteo arrítmico. Cree acceder a la sala de estar de ese edificio en las catacumbas de la urbe. Pero el instinto le frena. Se agazapa. Todo su cuerpo queda tenso y se encoge en un movimiento retráctil, preciso como arácnido ante un contacto que lo inquieta. Está en cuclillas. El propio miedo le impide temblar. En un rápido movimiento logra saltar a un lado, colocándose tras una gruesa columna metálica. Hay un hedor penetrante en el aire.

Abre la boca sin querer. Sus párpados se encharcan de una luz gris y acerada.

Desde ahí puede verlos, sí. Permanece inerte como una piedra. Mudo de horror. Sin embargo, se aferra al pensamiento de que no debe hacer ruido con los jadeos de su respiración. Siente que sus pulmones son sendos panales, y en ellos los alvéolos están a punto de estallar.

Nota que en los vasos sanguíneos tiene microscópicas ánforas llenas de algo gelatinoso que se desborda. Su dolor es foliado y brillante, como la mica.

Ve muchos soles. Lo deslumbran, pero no parpadea.

Están por todas partes, tumbados en el suelo, apoyados entre ellos. Discuten, hablan, unos pocos ríen. Algunos gritan. Se pelean monótonamente o rotan sobre su propio eje. Lo hacen cabizbajos, en grupos o por parejas. Algunos parecen hablar en idiomas que desconoce. Desde luego no son idiomas comunes. Agudiza la mirada pero no detecta en ellos rasgos concretos, y a pesar de todo se hallan a pocos metros. También éstos parecen tener el rostro difuminado. Contiene el aliento. Detrás de la columna de la que penden flecos de algo viscoso, una especie de cable impregnado de una resina blancuzca y aceitosa, distingue una verdadera aglomeración de esas siluetas con forma de personas, o de esas personas con aura, o de lo que sean.

Si los observa fijamente, su visión se torna borrosa. Diríase que sólo permiten ser mirados de soslayo. Igual que les sucede a los miopes frente a una luz, así él es incapaz de ver con nitidez. La sensación de fluorescencia se ha hecho tan grande que le impide verlos con claridad. Ni siquiera lo consigue entornando los ojos.

Instantes más tarde descubre al mendigo a quien seguía. Éste deja su macuto en el suelo y se integra en un grupo de los que rotan sin sentido, monologando incesantemente. La mayor parte parecen indigentes, su aspecto es paupérrimo y de ellos emana una lastimosa decrepitud, en sus ropas y en sus ademanes. Parecen torturados por una implacable fatiga interior. No obstante, descubre algo que le produce aún más espanto. Otras personas van correcta y hasta impecablemente vestidas, como si acabasen de venir de la calle. Aunque, si observa con atención, esas ropas no son tales, sino más bien pliegues vaporosos e informes. Allí hay gente de todas las edades, niños, ancianos, hombres, mujeres. La mayoría hablan solos y parecen protestar con resignación por algo. Un par o tres lloriquean y el resto no les presta atención, como si no existieran.

Esos que lloran le parten el alma. Nunca hubiese imaginado que podía existir un lamento tan cortante, tan doloroso.

Se le hace un nudo en la garganta cuando ve que, al desplazarse, también chocan entre ellos, se traspasan. A veces las figuras titilan, como si fuesen a desaparecer de un momento a otro. Provocan intermitentes y fugaces irisaciones. Se lleva un puño a la boca para no gemir. Pero ya no controla sus gestos. Del manotazo casi se desgarra un labio.

Los ojos se le nublan de pánico cuando cree oír, proveniente de una estancia más alejada, algo muy parecido a esa palabra que a él mismo le brotaba inconscientemente cuando era niño, ese vocablo inconexo que tanto preocupaba a su madre y que tenía casi olvidado hasta que creyó oírselo pronunciar a su hijo a través del radio-transmisor la tarde desgraciada en la que el pequeño desapareció en el descampado, o quizá regresando de allí, durante aquel interminable y mortificante cuarto de hora. Esa palabra enigmática, de resonancia helénica y feroz, que debía de dormitar en el fondo de su mente y ahora renacía de improviso, sin avisar, revolviéndose como una alimaña herida, paralizándole el pensamiento. Esa palabra que le producía el efecto de una picadura, de un veneno poderoso.

La repiten a modo de himno sacro y monótono, sin dramatismo pero a la vez con cierto énfasis, piensa aterrado.

Puede oírla de nuevo con una cadencia mayestática y austera, pendular y lastimosa. He ahí el monumental *Kyrie Eleison* de una misa barroca que canta un coro decapitado de almas en pena. Luego la entona rítmicamente un numeroso grupo de gente, pero según les mira no ve sus cabezas. Es una antífona atroz e ininteligible que se le clava en la yugular. Entonces, como reacción a la mordedura y al efecto del veneno, su cuerpo empieza a moverse. Todo el miedo que hasta ese momento había sentido y que lo tiene agarrotado se condensa ahora en sus venas. Como el chasquido ondulante de un látigo, le sobreviene una descarga de adrenalina. No siente el impacto del cuero, sino nuevamente luz. Besos de ortigas, sal en la llaga. Esa sensación es proyectada hacia sus músculos. Se contrae.

Inicia una veloz huida hacia las escaleras, hacia lo alto, hacia la verdadera luz, no aquella tibia entre azul y malva, como salpicada de destellos fosforescentes con olor a herrumbre. Corre hacia la salvación. Sube con todo su ímpetu y de forma espasmódica, casi a tientas, resbalando y golpeándose en codos, rodillas y muslos. Algo roza en su omoplato. Cree que es una mano que quiere asirlo. Grita y lanza un golpe ciego al lado. Su grito no sale al exterior. Sabe que se ha quedado ciego, pero avanza mediante el braille de la desesperación, a tientas. La sensación de hedor crece en su entorno.

Como sea tiene que llegar a la salida. Tropieza un par de veces. Alcanza la puerta metálica tras resbalar de nuevo sobre el suelo de hierro y agujereado por diminutos círculos cada pocos centímetros. Ha caído sobre su cadera, de costado. Le duele. De otro manotazo alcanza el tirador de la puerta. No se abre.

–¡Venga, venga...! –se desespera tragando saliva.

Le sucede como con la puerta de su despacho sólo que, a diferencia de aquélla, ésta no la cerró él. Puede que sea alguien que ha bajado silenciosamente detrás de él. Alguien que está ahí, pero a quien aún no ve. Los cánticos, en el fondo de esa ciudad sumergida y de pesadilla, prosiguen cada vez más intensos, colectivos y cercanos.

Es un *Tedeum* en el corazón de la miasma.

Le parece oír que algunas figuras se acercan amenazantes, ascendiendo por las escaleras metálicas. Vienen a por él. Incluso cree escuchar increpaciones. La puerta no cede.

–Ábrete de una vez... –deletrea histéricamente en mitad de su sobrehumano esfuerzo y con las mandíbulas crispadas.

Aprieta los dientes y, con toda la rabia de la que es capaz, hace presión hacia abajo al tiempo que empuja con el peso del cuerpo haciendo palanca. La portezuela se mueve un poco. Una enorme sensación de alivio se apodera de él cuando nota que sus pies pisan la calle. Corre a grandes zancadas hacia el auto, aunque todavía tropieza una vez más con una cabina telefónica y con una papelera metálica. Llega al coche. Lo pone en marcha y, dándose ánimos en voz alta para contener las sacudidas que le sobrevienen, da varias vueltas por la zona.

Ha repetido decenas de veces como un autómata:

–No puede ser, no puede ser...

Es al cabo de algunos minutos cuando se pregunta si será todo producto de su imaginación, de su mente enferma. Porque está enfermo, lo sabe. Sea como sea, fuertes calambres van extendiéndose por sus piernas y le impiden pisar con firmeza el embrague y el freno. También el acelerador, que varias veces encabrita involuntariamente el vehículo por la manera brusca de utilizarlo. Durante un rato el coche va dando pequeños saltos, tal que si fuera a calarse de un momento a otro. Se aleja de allí como puede, sintiendo que la angustia se concentra en las rodillas, el estómago y la garganta. Lentamente, luego de cierto rato, logra ir serenándose a pesar del estado de agitación en que se encuentra. Aparece cerca de una cafetería que acaba de abrir y entra en el local. Está demudado y los camareros le observan con recelo. Su aspecto, desde luego, no debe de ser tranquilizador.

Pide un café bien cargado, pero de inmediato agrega que no, que le pongan un té con leche. Casi es incapaz de articular una simple frase.

–¿Le ocurre algo? –oye que preguntan desde la otra parte del mostrador.

Niega moviendo el rostro.

Necesita algo caliente. Se sienta en una mesa un poco apartada del resto y aguarda a que le sirvan. Llega un camarero con su bandeja:

–Aquí tiene, señor –le dice con ademán arisco.

Probar el líquido y sentir una imperiosa necesidad de devolver es todo uno. La náusea le sobreviene al observar con atención la mezcla del color de la leche sobre el té. A duras penas logra llegar a los servicios. Allí, a horcajadas sobre el retrete, vomita aparatosamente hasta casi perder el sentido, como si se le escapara la vida por la boca. Sólo la posterior sensación del agua en el rostro logra hacerle volver a la realidad. Se moja repetidamente la cara y el cuello, lavándose las manos con jabón de forma enérgica, como si con esos movimientos que más parecen una fricción compulsiva quisiera purificarse, borrar de su pensamiento todo lo visto y oído en las horas precedentes.

Luego de refrescar su rostro empieza a notarse más sereno. Tiene que haber sido un sueño, se dice. Pero oye su propia voz:

–¿Un sueño...?

Cuánto daría porque en verdad hubiera sido un mal sueño.

El resto iba a acaecer en un plazo breve de tiempo. Apenas unos días. Aunque algo acababa de cambiar en su interior. Seguía sintiendo un inmenso e irracional miedo ante aquello de lo que fue testigo, pero su gestos, en un sentido amplio del término, se volvieron pausados. Era importante que obrase con cautela e inteligencia. Se le veía agotado y como ausente, pero no por ello dejaba de actuar con relativa normalidad.

Por fortuna, a la mañana siguiente fue de los primeros en llegar al Departamento y pudo arreglar en parte el desorden de su despacho. No miró los negativos. Fue sacando las tiras de sus respectivas pinzas y las colocó en las carpetas. Todavía sufría ligeros temblores en las manos al pensarlo. Tal vez fue entonces cuando empezó a ser consciente de que era vano mirarlos. Y también de que no debía hablar con nadie, de momento. De que era inútil prácticamente todo.

Lo recuerda a la perfección. Durante un día entero dio vueltas en auto después de llamar por teléfono a su esposa y decirle que de nuevo iba a estar ocupado toda la jornada.

Pero ahora miraba las calles de manera distinta. Ahora sabía mirar. Una vez superado el trauma de las primeras horas aprendió a convivir con ellos. Podía reconocerlos, aquí y allá, con sólo fijar la vista en sus movimientos, por lo general lentos y no exentos de una cierta armonía. Los detectaba por esa aura característica, y por la lasitud inconfundible de sus movimientos. Las primeras veces se sobresaltó. Sentía ganas de huir, aunque logró contenerse. Pensó si de alguna manera el hecho de mirarlos no sería adictivo. Quizás ahí residía el secreto de todo. Atrapaban por la mirada, con la mirada.

En otro momento se fijó en una mujer de mediana edad y aspecto normal que llevaba una cesta de plástico en la mano. El resto de transeúntes parecía no verla. La gente caminaba junto a ella, tras ella, delante de ella, a través de ella. Y ella, la mujer, con aspecto de agotamiento y andar amortiguado, caminaba de un lado a otro con mirada extraviada. Ni siquiera la siguió mucho rato. Dejó de observarla en cuanto comprendió su destino: el callejón situado detrás del parque, junto a los bloques de viviendas de ladrillo, poco antes de la zona de las fábricas. Todos iban a aquella especie de ciudad ideal situada en el subsuelo.

Vio a más de ellos. No los contó. Se limitó a reconocerlos con frío espanto. Unas veces desde el interior del auto y otras caminando a cierta distancia. Estaban por todas partes. Sólo había que mirar con atención. A menudo llegaba a distinguirlos antes incluso de que apareciesen en su ángulo de visión, si es que los veía realmente, si es que no eran producto de su imaginación. Los intuía. El proceso era siempre el mismo. De pronto notaba una presencia indefinida, un especial magnetismo en algún lugar del ambiente. Entonces detenía el motor del auto y contenía la respiración, miraba sin parpadear poniendo toda la atención en un punto inconcreto de la calle, justo donde había creído percibir esa presencia. Luego, como una imagen que en principio permanece oculta por el vapor y después comienza paulatinamente a formarse ante nuestros ojos, iban apareciendo rasgos faciales, contornos, extremidades. En unos segundos, y con los ojos ligeramente entornados, lograba distinguir uno de esos cuerpos camuflados entre los de otras personas de la calle.

De sus figuras rezumaba tristeza y también resignación. De improviso parecía que fuesen a dirigirse a alguien para preguntar algo. Pero pronto, acaso conscientes de aquello que eran, se reintegraban a su peregrinar incesante. La sucesión de espectros, piel cetrina y ojos estrábicos seguía aquí y allá. En todas partes.

En las siguientes horas, antes de realizar lo que luego de mucho meditarlo había planificado con detalle, se preguntó de nuevo y hasta la saciedad por todas esas cosas que de un modo u otro siempre le habían preocupado aunque no fuera muy consciente de ellas. Cosas que preocuparían a la mayor parte de la gente si el género humano no se caracterizase, sobre todo, por negar sistemáticamente lo que no comprende y aquello que escapa a sus prejuicios culturales, y a sus esquemas usuales de pensamiento, aunque tales esquemas respondan tan sólo al potencial y los estímulos de una mínima parte del cerebro.

Se preguntó por el instinto de los animales. ¿Qué les hace sentir la presencia de sus posibles verdugos o víctimas? El peligro que intuyen, ¿de qué está formado? O había que plantearse: ¿de qué sustancia? Y si esa sustancia cabría calificarla como materia. Entonces, ¿la materia es siempre visible? Las imágenes que detectan en el aire algunos felinos, ¿qué imágenes son? La visión estroboscópica de ciertos insectos, ¿en qué consistía exactamente? Lo mismo con la visión de algunas serpientes, por ejemplo de la familia de los boidos o las de cascabel, que pueden detectar y localizar fuentes de radiación infrarroja en la más absoluta oscuridad.

Pudo averiguar que en los mamíferos la información recogida se transmite al cerebro por medio de la rama sensitiva del trigémino. En cambio, en esas serpientes dotadas de peculiar sensibilidad, una porción importante del nervio trigémino se relaciona con las fosetas termosensibles y con la percepción del infrarojo, habiéndose formado en ellas un sistema sensorial somático similar a la visión. También se planteó de qué está constituido el universo cognoscitivo, en su caso táctil, de las hormigas.

A pesar de todo la gran pregunta, ya exenta de prejuicios morales, la esbozó aquel colega de Jefatura refiriéndose a ciertos irrefutables testimonios acústicos, esas voces que permanecen durante años en casas, en habitaciones abandonadas: ¿dónde están?

Pensó en los muertos. Sobre todo en los muertos prematuramente, por ejemplo en accidente. Esas personas de las que, no muriendo de una enfermedad incurable o a causa de la vejez, sus seres queridos piensan que se han ido para siempre, pero quizás antes de tiempo. Un par de familiares acabaron de ese modo brutal y siempre desconcertante para los que se quedan. Reflexionó durante horas sobre algo que siempre le obsesionó y ahora surgía con toda su virulencia. Era, en cierto modo, un juego a costa de la imaginación, pero asimismo un experimento visual que solía poner en práctica siendo muy niño. Si se colocaba en una habitación vacía sentado frente a la puerta y después cerraba los ojos imaginando que en la puerta había una persona conocida, viva o muerta, igual daba, en su mente podía ver a esa persona con todo detalle.

Por lo que hubiese visto en fotos, por aquello que le hubieran contado o incluso por lo que pudiese imaginar al respecto, conocía cada rasgo suyo, sus gestos, sus ropas, hasta sus ademanes más característicos. Llegaba un momento en el que la figura de esa persona, en cualquier caso ausente físicamente hablando, aparecía más allá de la negrura de sus ojos cerrados. No sabía en qué punto de la visión, pero aparecía, y perfectamente definida. Nadie podía negarle que la imagen abstracta de esa persona estaba realmente ahí, en el interior de su cabeza. Si abría los ojos de pronto e intentaba reconstruir mentalmente la imagen de la citada persona junto a la puerta, lo conseguía. Aunque fuera por una milésima de segundo. Probó con cierta asiduidad.

Esas prácticas lograron que él mismo se asustara ante una repentina e inexplicable sensación de convivencia con el peligro. Dicho estado de ánimo nacía cuando la imagen de la persona ausente, luego de forzar al máximo su fantasía y los sentidos, empezaba a aparecer ante sí con rasgos concretos y tangibles. Esas personas, en principio sólo imaginadas, ¿estaban o no ahí? Físicamente no, desde luego. Entonces, ¿de qué modo estaban? ¿Verdaderamente no existían de ninguna de las maneras concebibles? Lo que él llegaba a ver o a atisbar unos instantes, incluso con movimiento y sonido autónomos, ¿qué era? Tal vez un pensamiento en parte materializado, solidificado, por hablar en términos comprensibles, como lo que sucede en el interior de los copos de nieve. ¿Pero en qué se basaba, de qué estaba formada tal solidificación? Otro ejemplo que siempre llamó su atención: casi todos los niños de corta edad se asustan considerablemente al oír cómo se desagua una bañera. Más allá del simple ruido del agua al irse por el agujero de la bañera, ¿ven algo los niños?, ¿qué imágenes son ésas?

–Estamos perdiendo el tiempo, y quizá sea ya hora de dejarlo... –acaba de decir uno de los hombres que tiene delante.

–Aguarda sólo un poco.

–Es que ya no sé qué decir, ni a qué recurrir para intentar que reaccione...

–Tal vez tengas razón.

Los periodistas que le observan, no saben si más tristes o decepcionados, vacilan sin saber por qué.

En ese preciso instante, en la ciudad, y a punto de entrar en los almacenes, la hija del que hace poco se diese por vencido sugiriendo que debían irse ya, ha vuelto a hacer un gesto que tiene considerablemente inquieta a su madre. Son varias las ocasiones, durante esta misma mañana, en que la chiquilla ha hecho algo similar: quedarse absorta y mirando un punto indeterminado de la calle, o del cielo, o del suelo. Para conseguir que espabile es necesario sacudirla con energía. Mamá le conmina a que ponga atención en aquello que hace, y le recuerda que por la calle, con tantos peligros como hay, no es cuestión de ir despistada. La niña dice que sí moviendo significativamente su cabecita, pero al poco de nuevo se queda pensativa. Su mamá se queja en voz alta de lo fantasiosa que ha salido, y vuelve a pedirle que se fije en lo que hace.

–¿Estás enfadada? –pregunta la niña con un rictus de decepción grabado en el rostro.

–No. Estoy pendiente de lo que hago, no como tú.

En el fondo no hablan de lo mismo. Se mueven en espacios distintos. Como en el *Balneario*.

Ni por un momento quienes ahora están frente a R. V. relacionan su aspecto sombrío, su silencio de plomo, con lo que tienen escrito ahí, a pocos centímetros y entre el legajo de papeles que permanecen en la carpeta que les entregase el médico. Aun si tuvieran acceso a parte del pensamiento de ese hombre invariablemente callado, seguirían sin saber cuál es el sentido último de las notas que él mismo redactó, como ésta, de su puño y letra:

«Posible detección de átomos de color, o glubolas, estados ligados de las partículas que transmiten la fuerza del color, la fuerza más intensa conocida. Imposibilidad de que un fotón emita o absorba por sí mismo otro fotón, ya que el propio fotón carece de carga eléctrica. Las glubolas serían estados primarios de la materia, muy difíciles de distinguir entre las partículas ordinarias compuestas de quarks. Fuerza que liga los protones y los neutrones en el núcleo atómico. ¿Qué mueve esa fuerza? El alcance de dicha fuerza ha de ser inversamente proporcional a la masa de la partícula que la transmite. Fractales de Mandelbrot como punto de partida: ejercicios de hipotética visualización del infinito usando el ojo de la mente.»

El hombre oveja, el hombre bulto, el hombre dócil y postrado, autor de esa especie de jerga abstrusa o lúcida, a saber, el hombre vegetal, no deja de recordar. Nadie puede demostrar que las plantas y las flores carecen de memoria. Sólo puede asegurarlo. R. V. se ha convertido en un poderoso manantial de recuerdos. Y aún a veces, pese a su postración, se pregunta: las imágenes que configuran los recuerdos, ¿de qué están hechas?

En su interior se ha roto el dique, y sigue viéndose en aquellos días de convivencia con la incredulidad más acongojante, jornadas de lenta caída en un abismo hacia el que decidió caminar, pese a todo, con un cierto temple. Meditó en torno a las innumerables trampas de la imaginación. Ahora se recuerda en esos días, desde la inercia, arrastrado por una actividad compulsiva e imparable.

Durante aquellas horas realiza frenéticas indagaciones, toma notas, reconsidera antiguas e inverosímiles teorías. Lee acerca de la desintegración molecular de los cuerpos y de determinadas imágenes. En su posterior agrupamiento, no en un plano de una realidad física tangible sino en otra dimensión abstracta del pensamiento, algo así como una geometría espacial de lo invisible que sin embargo está, que existe.

Recapacita sobre el concepto de alma. También sobre la idea de Dios, y eso que jamás fue creyente, pese a su consecuente y pragmático agnosticismo. Ahora cree. Pero no en Dios sino en ese otro nivel de la conciencia, de la mirada, o del punto intermedio entre ambas, que enseña, que muestra aquello que permite ver lo que él ha visto: su alma. La siente inundada por la voz de los muertos. Los ha visto a ellos. A los desaparecidos, a los idos a destiempo que nunca regresaron porque no podían hacerlo. A los que quizá fueron incapaces de integrarse en la realidad de los muertos y, si eso es posible, no reposan en paz. Aunque tal vez, y la idea le atormenta, sí son capaces de arrastrar a alguien que no es como ellos hacia donde están. Con él ocurrió eso exactamente. Se dejaron ver. Existirían otros como él, sin duda. Contactados. Condenados. En cualquier caso, asustados.

Pero ¿cómo encontrarlos? ¿Cuál podía ser la reacción de aquellos que también hubiesen visto?

Sí, habría otras portezuelas metálicas, otras estancias grandes como naves industriales llenas de esa gente o lo que fuesen. Otras comunas improvisadas, o cloacas o antiguos túneles de ferrocarril subterráneo repletos de quejumbrosas ánimas errantes, en otras partes de la ciudad. En otras ciudades. En otros países. Habría otros viveros de fantasmas.

Aunque seguía sin entender por qué era así y no de otro modo, intuyó ya no con quién sino con qué se estaba enfrentando. Lo supo nada más acabar su mudo descenso a los infiernos siguiendo a aquel mendigo, el primero de la serie. Antes incluso de detectar la presencia de varios de esos seres en diversos rincones de la ciudad, y ya en una época inmediatamente posterior. Antes de descubrir que, mezclados con ellos y en el más absoluto desconocimiento de que esté sucediendo así, vivimos junto a una sociedad de espectros. Inmersos en ella.

Se recuerda a sí mismo hundido sin remedio en el lodazal de ese pensamiento, que analiza o intenta objetivar una y otra vez con la mayor calma que puede, pese a que como tal hecho, que ya no como mero pensamiento, le resulta inconcebible. No son ni vivos ni muertos. Simplemente están, aunque prácticamente nadie pueda percibir su presencia. Son los no-vivos, o los no-muertos, igual da. Se mueven de manera libre entre las coordenadas de una realidad física que no les afecta.

Una reflexión le resulta más aterradora que la propia e incomprensible esencia de dichos entes: la posibilidad de que, como teme, necesiten atraer a otros seres vivos a su nivel y a su condición inanimada para seguir subsistiendo del modo en que lo hacen, aunque tal posibilidad, más allá de la física espacial y las leyes de la biología, no sea admisible por la razón humana. Intuye que acaso sólo ésa pueda ser la explicación de que ciertas personas sigan desapareciendo como por arte de magia.

Repentinamente le espanta el pensamiento de que esos seres se sirvan o incluso se alimenten de gente normal para no sentirse solos. Porque esos seres no comen ni duermen. Se limitan a vagar. Tal vez acechan todo el tiempo. Únicamente la compañía o quizá la presencia testimonial de otros como ellos pueda aliviarles en su invisible cautiverio. Las víctimas desgraciadas serán los nuevos llegados al subsuelo, entre los que sin duda se contarán futuros desaparecidos sin causa alguna. Los sin retorno. De ser así, ¿cómo consiguen hacerlo, llevárselos? Eso le resulta siquiera imposible de imaginar.

Pasan los días y continúa investigando, leyendo, mirando. Deduce que en algún momento del proceso físico, y en lo referente a la descomposición corporal, se ha de producir un fenómeno relacionado con lo que se conoce como transubstanciación celular. Pero pensar en ello le produce vértigo. Se mira y no se les ve, pero están ahí.

En ese sentido, el nivel óptico sería el puente entre uno y otro estado. No vemos salir la bala del cañón de un arma, pero sí podría verse esa bala si la película con la que se filma la trayectoria fuese lo suficientemente lenta. El descubrimiento, la iluminación de la que fue víctima, remite a esas pinturas y cuadros en miniatura con matices impresionistas que si son observados de cerca no permiten que distingamos lo que hay en los mismos. Algo que únicamente se muestra cuando nos separamos a una prudente distancia de lo que, en principio, nos parecen tan sólo manchas.

Es una época en la que logra superar varios conatos de crisis nerviosa, así como la fiebre que súbitamente, y por espacio de una semana, le sobreviene después de descubrir aquella especie de fábrica subterránea y abandonada. Aquella catedral del espanto clamando silenciosa bajo nuestros pies. A veces piensa que si está vivo es de milagro. Ahora cree en los milagros. Sabe que si llegan a verlo allá abajo nunca le hubieran permitido salir. Lo sabe.

Porque ellos sí ven. No logra imaginarse qué hubiera sucedido, no se explica cómo debe de ser forcejear con algo que no está, y que por lo tanto la visión normal no detecta, aunque sí la suya, por a saber qué malhadada causa. Supone también de la inutilidad de disparar, con la munición que sea, contra uno de esos cuerpos inanimados, vagamente perceptibles por el nervio óptico pero inexplicable y misteriosamente estructurados en otra dimensión de la propia conciencia. Igual que les traspasan personas y objetos harían los proyectiles. No pueden tocar, como el mendigo haciendo el gesto de coger unas latas. Quizás esos seres sienten nostalgia de lo que hacían en vida.

Ellos no están hechos de materia orgánica, y sin embargo están. Inútil toda resistencia, piensa, si se deciden a venir a por uno. Desde ese momento nota que cae en una obvia resignación interior, se sumerge entre el oleaje de un tiempo que se dilata y eclosiona en su mente durante las horas posteriores a la visión inicial. Decide y siente que la vida ha dejado de importarle como tal, que todo es relativo e intranscendente. Todo, salvo eso. Todo excepto la plenitud que le reporta, aunque también lo destroce espiritualmente. A pesar de ello, es consciente de que sigue siendo posible que esté volviéndose loco. Una noche llega a pensar, incluso, que lo imaginó todo. Eso le aterra casi tanto como lo otro.

Le obsesiona, como hombre curioso que es y por supuesto también como policía que sigue siendo, confirmar sus sospechas respecto a cuanto le sucede. Ha caído en una psicosis permanente, y su desvarío mental es tan grande que lo está destrozando. Pero se mueve incesantemente. Permanece en guardia. Estudia posibilidades, traza planes. Sabe que, además del indudable riesgo que ello comportará, es posible que no sirva para nada llevar a alguien a aquel lugar, en los intestinos de la ciudad, intentando que esa otra persona también vea. Algo le dice que no verá, como no ven los transeúntes de la calle. Como las personas normales, a menudo, se niegan a mirar, y por lo tanto a reconocer lo que les produce dolor o vergüenza, pena o escarnio. Como nos ponemos una venda en los ojos ante una situación de impotencia para cambiar algo o a alguien.

A fuerza de tanto observarlos llega a la conclusión de que la mayor parte de la gente no quiere mirar la miseria que rodea a los pobres y mendigos. Para qué hablar de los difuntos, si la muerte es el gran tema tabú de nuestra civilización. Quizá la gran masa social, formidable a veces, amorfa casi siempre y con frecuencia rabiosamente insolidaria, actúa de ese modo para seguir manteniendo la cordura en una vida y en una sociedad que con demasiada frecuencia se lo pone extremadamente difícil a las personas sensibles.

Por su parte, sospecha que ha perdido la cordura, que la ha extraviado si no para siempre sí al menos momentáneamente. Y así transcurren tres semanas. Finge, habla poco. Apenas gesticula. Come de modo frugal. Se pasa las horas en la calle. Mirando, tan sólo eso. Cuando regresa al Departamento, su actitud esquiva, pese a que intenta disimularla, empieza a preocupar a los compañeros y a sus inmediatos superiores. Se enfada sin motivo, responde desatinada o bruscamente a ciertas bromas. Temen que sea otro asomo de crisis de las que R. V. parece no salir en la última época. Suponen que tiene serios problemas familiares, incluido algún lío de faldas, como comentan un par de amigos de Jefatura. Quizá no sea el momento idóneo para charlar con él, mejor dejarlo para cuando se le vea más reposado, más concentrado.

–Siempre fue un tipo meticuloso, serio, a ratos introvertido, pero dispuesto a ayudar a cualquier compañero, formara parte o no de su equipo –afirmaba un policía de la comisaría con el que contactaron los periodistas.

Todo intento de acercamiento es un fracaso, así que mejor no entrometerse. Eso deciden la mayoría de compañeros del trabajo.

Y él recuerda que en ese breve espacio de tiempo que abarca unas pocas semanas, sigue actuando de modo maquinal. Mueve piezas. Recurre a contactos. Hace llamadas. Investiga. Sus noches están llenas de sobresaltos. Son noches blancas que a menudo consume en un agitado y estéril duermevela. Lee materiales pertenecientes al ámbito científico, aunque nadie le ve en esa tarea. No olvida consultar a parapsicólogos, ni tampoco a gente relacionada con prácticas de magia negra. Impone bastante el hecho de ser inspector de la Policía y verle tan obsesionado con sus preguntas. Utiliza el argumento de su profesión sin el menor escrúpulo. Aprieta las tuercas de su propio destino, y lo sabe. Tiene oportunidad de conocer a impostores y a quienes, no siéndolo, tampoco pueden probar que sea así. A éstos les sucede como a él: viven ciertamente desamparados.

No saca nada en claro, como temía desde un principio. No se separa ni un momento de su arma reglamentaria que, apretada día y noche contra el costado izquierdo, justo debajo de la axila y enfundada en una cartuchera de cuero, parece una prolongación de su cuerpo. Éste muestra ya las huellas de los nervios y el insomnio, de la mala nutrición y del frenesí en el que ha caído a su pesar.

Es su cuerpo, no su mente, el que lo lleva aquí y allá como si obedeciese órdenes. Cada vez son más frecuentes las pesadillas. Ni en su casa se siente seguro. Las peleas con su esposa son constantes, y por nimiedades. Se queda dormido en el sofá, ya en plena madrugada, la pistola cerca de él y rodeado de papeles incomprensibles, de libros, revistas que va adquiriendo y leyendo en un intento desesperado de asimilar aunque sea una parte infinitesimal del fenómeno al que un azar de la vida, sin él pretenderlo, le abocó de improviso. Necesita comprender para seguir sobreviviendo. Aunque ese proceso lo aniquile. Su mujer asiste preocupada a lo que considera un trastorno motivado por exceso de trabajo. Pero calla.

En las serpenteantes pesadillas que crecen y se agitan en su interior como una borrachera presta al latigazo definitivo en forma de pérdida de conciencia en el final del túnel, tanto cuando se halla medio dormido como en estado de amodorrada vigilia, vuelve a cobrar crudo protagonismo aquella palabra que le acompañó en su infancia como si se tratase de un fantasma, siamés y por lo general aletargado, de desdoblamiento geométricamente idéntico a sí mismo. Esa palabra que le tortura, que le martillea el cerebro y aún más allá, en el mismísimo corazón de su pensamiento, sobresaltándole en plena noche, lleno de sudor el cuerpo y fría como mármol la frente.

El instinto le guía. Es un invidente del miedo. Por eso obedece los dictados más elementales de una voz lejana que por lo general sólo se saca a relucir en situaciones de peligro. Y no logra evitarlo: ha vuelto a mirar a su hijo con recelo. ¿Qué causa hay para eso? Ninguna. Pero siente que el chico le observa de modo especial. Le asusta su mirada y precisamente en esos días, observándole mientras cena, se da cuenta de que nunca pudo olvidar del todo el amargo episodio del radio-transmisor y aquel cuarto de hora inacabable, gigantesco, amenazante, cuando al niño pareció habérselo tragado la tierra en algún lugar indeterminado entre el descampado y su propia casa.

Aquellas voces. Aquella palabra que resume una sinfonía coral que le mortifica y va tomando al asalto su inconsciente, su voluntad. La oye una y otra vez. La oye a múltiples voces. Pero ahí distingue, sobre todas las demás, la voz de su hijo cuando era niño. Cree que, en efecto, va a volverse loco. No responde de sus actos. Quiere pedir ayuda, necesita ayuda, pero no sabe a quién. Ni cómo.

Decide que ellos, los que él puede ver y no están, es poco probable que le hagan daño o que pretendan llevárselo sin más. Por qué tenerles miedo, pues. Esa sensación le dura poco. Vuelve a asustarse cuando piensa en el otro ejército de idos contra su voluntad y sin motivo. ¿Adónde sino con ellos podrían ir? He ahí la única certeza: ellos, de un modo u otro, capturan. En tales momentos siente tanto desvalimiento como la anciana ciega que ahora se dispone a concluir su oración. Habrá rezado miles de credos a lo largo de su vida, pero éste es diferente. Ahora tiene miedo, lo que no impide que sentencie en un susurro:

–*Et expecto resurrectionem mortuorum. Et vitam, venturi saeculi...*

–Y espero la resurrección de los muertos, y la vida del siglo venidero –responde la monja joven, las manos entrelazadas y de rodillas, junto al lecho.

Pero él recuerda, no deja de recordar mientras reposa, en apariencia plácidamente, acurrucado en su sillón de mimbre. Se recuerda a sí mismo intentando calmarse mientras pasa el tiempo, y en parte lo consigue. Vive en estado de continua tensión, con los nervios a flor de piel, pero ha aprendido a disimularlo. Una mañana, procurando darle a su frase un tono de total intrascendencia, decide lo largamente aplazado. Le pide a otro inspector de su absoluta confianza que le acompañe en el auto. Y lo lleva ahí, a aquel callejón de detrás del parque. Saca un tema cualquiera de conversación. Su compañero le pregunta si se encuentra bien.

–Tengo problemas –empieza a explicarle–, en casa, en el trabajo... –Sabe que es mentira, aunque duda de todo.

–Oye, lo que a ti te ocurre es que llevas encima toneladas de estrés. Debes procurar tomártelo todo con más filosofía –intenta tranquilizarle su amigo.

Sigue al volante, desencajado y ausente.

–Puede que sea eso, pero producido por otras pequeñas y grandes cosas. Es mejor dejarlo. Lo que parece evidente es que los nervios me están triturando. Os pido que tengáis paciencia conmigo –se explaya, sorprendiéndose a sí mismo.

–¿Qué son grandes cosas? –insiste tenazmente el inspector.

No es cuestión de dejar que pase una oportunidad en la que R. V. parece decidido a hablar. Es necesario estimularlo. Hay que aprovecharlo. Lo hace.

–Da igual, no lo entenderías.

–¡Tú te has creído que soy tonto o qué! –exclama enfadado el compañero.

Seguidamente, pasando de un estado de enojo a otro más contemporizador al constatar el mustio silencio con que R. V. le observa, poniendo una voz que pretende ser persuasiva dice:

–Al menos inténtalo...

–Deja, olvídalo, en serio. Son bobadas –dice él, y luego procura cambiar de tema.

En realidad está haciendo tiempo. Sabe que es cuestión de paciencia, de minutos, de valor, de saber encajar lo que sin duda habrá de soportar dentro de poco. Ve a alguien en la acera. Ya llega, por fin. Tiene nuevamente esa sensación de que aumenta la luz en su entorno, de que oye un murmullo lejano y absorbente. Es su oportunidad, su esperanza, su última baza. Suda. Lo ha visto. Por ahí va, a pocos metros del coche y caminando lentamente por la acera. Es un hombre con aspecto de pobre, pero no tan patético como el primero que vio.

Ese reconocimiento consigue que una vez más se espese su sangre y se le nuble la visión. Es necesario que lo haga, ahora o nunca. Se le eriza la piel y tiene que contenerse para no sollozar. Ha de estar preparado para todo. Cierra los ojos, toma aire y le pregunta a su compañero si no le extraña el comportamiento de ese tipo de ahí, ese que avanza sin prisa por la acera. No hay otras personas cerca. Lo tienen a no más de cinco metros. El inspector se vuelve hacia la ventanilla y mira con atención. El coche queda casi detenido junto a la acera. Son los segundos más largos de su vida. Luego, tras el suplicio en forma de silencio, su compañero le observa sonriendo y le dice lo que temía:

–¿Qué tipo, a quién te refieres?

Ha de apretar los dientes para sentirse vivo y cuerdo. Luego de mesarse la barbilla, dice:

–Fíjate con atención, por favor... el de los pantalones grises y el chaquetón.

La expresión de perplejidad más absoluta se dibuja en el rostro del inspector.

–Oye, tú no estás bien...

Es entonces cuando se le escapa la frase que debería haber tenido preparada, pero que le sale de modo instantáneo.

–Nada, déjalo. Era una broma, ¿lo ves? Estaba probando tus reflejos... –Y después lanza una carcajada estentórea, desmedida.

Su compañero le mira con extrañeza y preocupación. Vuelve a preguntarle si se encuentra bien, y él insinúa un chiste sin sentido. Arranca el auto y se van. En el camino de regreso a la comisaría todo da vueltas en su cabeza mientras su amigo le habla de vacaciones y paz. Se siente enfermo. Le cuesta incluso respirar con comodidad. Ya no puede tener paz.

Tampoco ahora lo sacan de su ensimismamiento los ojos escrutadores del periodista, que aprieta el montón de papeles entre las manos antes de recorrer de nuevo uno de los folios con anotaciones. A pesar de que el silencio de ese hombre parece monolítico, está a punto de preguntarle por última vez acerca del significado de estas notas, pero se abstiene. Las paredes no responden.

«Envolviendo cada quark y cada gluón hay una nube de partículas que se materializan brevemente a partir del vacío. Son las partículas virtuales, llamadas así porque no pueden detectarse directamente. Deben su efímera existencia al principio de incertidumbre de Heisenberg. De acuerdo con tal principio, la ley de conservación de la energía puede violarse verosímilmente si la violación es lo bastante breve para pasar desapercibida. Todo ello lleva a la suposición de que existen unas glubolas llamadas escalares, cuyas propiedades darían lugar a una Resonancia Magnética Nuclear poco corriente, ancha y baja, lo suficiente para producir el hecho de que su detección sea prácticamente imposible. Quizá de ese mismo modo fluya una cierta realidad ante nuestros ojos.»

Él mismo ya olvidó casi por completo el contenido de esas complicadas notas, su desasosiego y frustración al redactarlas, a menudo entendiendo tan sólo una pequeña parte de aquello que escribía. De algunas pensó que le servirían como cuadros sinópticos o esquemas de trabajo para futuras investigaciones. Quedaron abortadas.

Ahora únicamente recuerda la niebla. La densidad del aire. El sofoco. Sus sienes silbando.

Recuerda aquella misma noche, en casa, cuando se precipitan los acontecimientos. Aquella oscuridad hecha briznas como avispas. Ya en la cena nota las pupilas de su hijo clavadas en él, en sus movimientos, con más intensidad que de costumbre. También su mujer se muestra especialmente nerviosa. La situación está volviéndose insostenible. Percibe que su sensatez se quiebra por momentos. Está agotado y se acuesta muy pronto. Ha dejado los platos a medio terminar, no ha comido postre. El insomnio acumulado le pasa factura. Al rato oye a su esposa que también viene hacia la cama y se acuesta. Ella y el chico se habían quedado viendo la televisión. Finalmente se duerme, presa del agotamiento.

Quizá ni siquiera sea medianoche. Aún se oye ruido y comentarios en otras viviendas. Es entonces cuando un sexto sentido le dice que hay una presencia extraña en la habitación. Estaba profundamente dormido y por esa razón, aunque abre mucho los ojos en la penumbra, lo ve todo borroso. Algo le desconcierta, le intranquiliza lo que ve. Renacen sus nervios.

Es su hijo quien está en el umbral de la puerta, en pijama, y avanza poco a poco hacia el lecho. Está conectada la lámpara del pasillo adyacente y lo ve a contraluz. No reconoce los rasgos de su cara, no distingue cuál puede ser su expresión. Sólo ve su silueta, pero algo le asusta de esa silueta, algo que no tiene tiempo de reflexionar. Quizá, percibe despavorido, el indicio de un aura especial, quizás ese modo pausado de caminar, de deslizarse sobre el suelo, que reconoce en el acto. Desde la cama logra dificultosamente balbucir:

–¿Qué quieres?

No contesta.

Tras apartar las mantas, comienza a moverse. Lo hace con parsimonia, para no delatarse. El chaval se detiene.

Ha notado su movimiento. Se pone de pie, frente a él, y avanza hacia la puerta. Es ése el momento en el que el chico, para asombro suyo, se da media vuelta y empieza a correr por el pasillo. R. V. sabe que debe reaccionar con celeridad. Le sigue a trompicones, primero por el pasillo y luego a través de un pequeño salón. Tira un flexo, varios almohadones del sofá y una lámpara de pie. Llegan hasta la otra parte de la casa. Le ve entrar en la cocina. Está todo a oscuras, pues la luz del pasillo apenas ilumina ahí. Tropieza con una mesa, golpeándose en la pierna. Se ha hecho daño. Le llama por su nombre. Una, dos, tres veces.

–Cálmate y dime qué quieres, ¡dímelo! –Pero se lo pide en tono violento.

Ha sido incapaz de evitarlo. Piensa que tal vez también él esté amedrentando al crío.

–Tenemos que hablar... tú ya lo sabes... Porque lo sabes, ¿verdad? –Su dicción es ya completamente falsa.

El chico no contesta. Y ese silencio le resulta revelador.

De nuevo una furia inexplicable se apodera de él cuando, inmóvil junto al frigorífico, en medio de la oscuridad y con la cadera aún dolorida por el reciente golpe, susurra entre dientes:

–¿Dónde estás, maldito...? ¡Venga... sal de ahí!

Jadea. Cree oír otro jadeo cerca de sí, pero éste más suave. Tal vez está detrás. Es como un silbido amortiguado. Gira suavemente sobre sus talones y con la mano empieza a tantear los azulejos de la pared. Busca el interruptor. Lo encuentra, pero antes de apretar nota algo más. Ropa, carne.

Se escabulle, se contrae. Es el brazo de su hijo, que estaba allí, tras la puerta. Lo tiene asido con fuerza, pero amparado en la oscuridad el chico da un manotazo y se le escapa. Logra conectar la luz. Ahí está. Lo ve.

Al fin lo distingue, medio acurrucado en un rincón, enfrente de él y con una incomprensible sonrisa en los labios. O quizá con una mueca de ira y agitación. La sonrisa es posible que sea de miedo. Pero esa mueca, ¿a qué obedece? Le recorre con la mirada y de repente su sangre se espesa.

El chico sostiene un enorme cuchillo de cocina en la mano, que eleva a la altura de su cabeza.

En ese movimiento subyace el deleite y la armonía propios de quienes practican ballet.

Ha llegado el momento de la verdad, lo comprende. Sólo su serenidad puede salvarlo.

Nota que le fallan las piernas, y la sensación de debilidad del estómago se traslada instantáneamente a los brazos y a la nuca. Por su espalda se desparrama algo helado.

El chaval levanta aún más el cuchillo, ahora por encima de su propia frente. No dice ni una palabra y su boca permanece cerrada, tensa. R. V. se siente incapaz de reaccionar, todavía incrédulo. Es entonces cuando oye que de los labios de su hijo surge aquella palabra que creyó escuchar a través del radio-transmisor. Pero no ha movido los labios. Lo ha dicho en un macabro efecto de ventriloquia. Parece pronunciada con una voz que no es la suya sino la que tenía de niño, casi diez años atrás, cuando ocurrió el suceso. En cada sílaba percibe todo el dolor de una cuchillada. Las nota rasgar su piel.

Sin embargo, ese trozo de acero afilado sigue ahí, en lo alto y a un escaso metro de distancia, presto a caer sobre él como una exhalación de un momento a otro. Todo sucede con rapidez.

–Pero... ¿por qué...? –implora en un trémulo tono de voz.

Pálido de terror, mira en los ojos de su hijo y los ve más negros que nunca. Luego, por instinto, desvía la vista hacia el cuchillo. Es un destello fugaz y levísimo desprendido por la hoja lo que le impulsa hacia atrás justo en el momento en el que su afilada punta, trazando una veloz elipse en el aire, cae con fuerza sobre el lugar en que él se encuentra.

Ha sido un arañazo brutal, y su propia descarga de adrenalina lo deja anonadado unos instantes. La hoja, que silbó atroz y limpia junto a uno de sus brazos, pasa a escasos centímetros pero sin llegar a rozarle. Un tajo seco, de arriba abajo. Le horripila lo que acaba de ocurrir, pero aún consigue hacerlo más esa mueca torcida que permanece en los labios de su hijo. Éste vuelve a elevar el brazo blandiendo el cuchillo. Una nueva descarga de adrenalina precede su siguiente movimiento. Ahora no debe equivocarse.

De un salto y una patada empuja la puerta de la cocina, cerrándola con violencia tras de sí. Tiene que llegar como sea a la habitación y coger su arma. Corre por el pasillo, pero detrás de él nota la presencia del chico. No se gira para mirar si éste aún lleva el cuchillo en la mano. Sabe que sí. Ese convencimiento le desgarra, y comprende que si su hijo le da alcance, difícilmente fallará un nuevo golpe. También sabe que ése no es su hijo. Se ha quitado el antifaz. Aunque lo único que verdaderamente sabe es que debe seguir corriendo con el objetivo de alcanzar la pistola.

A su vez, el chico sabe que el hombre que corre por el pasillo va a coger la pistola. Se detiene. Sabe que cuenta con escasos segundos. Es entonces cuando, viendo que no podrá darle alcance, efectúa el gesto que le salvará. Tira el cuchillo al suelo y se dirige a la puerta de salida a grandes zancadas. Llega al rellano, aprieta el interruptor de la luz y empieza a vociferar pidiendo auxilio. Es muy tarde, pero en unos instantes ya se oyen voces y portazos. Sube a saltos por la escalera. Dos pisos más arriba se abre una puerta y una mujer asoma tímidamente la cabeza. El ascensor está en marcha providencialmente, pues a esa hora no es normal el tránsito de vecinos. Al poco, con medio cuerpo fuera de la barandilla y sin inmutarse, aparece R. V. pistola en mano. Ha quitado el seguro del arma y la pone en posición de disparo.

Ahora sí, en sus movimientos hay una absoluta sangre fría. Comienza a subir las escaleras y ve al chico que cae e intenta levantarse. Su esposa viene por detrás ajustándose la bata y contempla boquiabierta la escena. Se abalanza sobre él para impedir que dispare.

–Pero ¡qué vas a hacer, desgraciado! –La exclamación sacude la escalera.

Se produce un breve forcejeo y suena una detonación. Ella sale violentamente despedida hacia atrás con el hombro ensangrentado y va a caer de bruces junto al ascensor en medio de lamentos desgarradores. La observa impasible y vuelve a mirar por la espiral de la escalera. R. V. apoya el cañón en la sien de su esposa, pero luego lo aparta lentamente de allí. El chico sigue corriendo a trompicones, intentando huir. R. V. apunta y dispara. Lo hace repetidas veces. Se escuchan dos portazos, y nuevos gritos. Va a gastar el cargador.

Las detonaciones producen un gran estruendo en el inmueble e incluso, sobre todo teniendo en cuenta la hora que es, se habrán oído desde la otra parte de la calle. Tras cada una de ellas, seguida de algún grito allende los tabiques y un denso silencio, parecen temblar hasta los cimientos del edificio.

A los pocos segundos de haberse producido la primera ráfaga continuada e infernal se encienden numerosas luces y los vecinos, alarmados, empiezan a salir a los rellanos. R. V. corre, decidido a alcanzar su objetivo. Pero la puerta del ascensor se abre de pronto, interrumpiendo su carrera por las escaleras. El golpe es considerable, va al suelo, cayéndosele el arma de las manos, aunque vuelve a recogerla. Oye que el chico logra entrar sano y salvo en una vivienda. Un fuerte portazo. Se le ha escapado.

La intervención de la madre fue providencial para el hijo, pues pese a estar desvanecida entretuvo a R. V., un tirador de elite, el tiempo suficiente como para que fallase en su objetivo. Eso pensaba la policía en los días siguientes al suceso. R. V. podía haber disparado contra su esposa, que se desangraba dos pisos más abajo, o contra el estupefacto y paralizado vecino que permaneció largo rato junto al ascensor como una estatua. No lo hizo.

Sentado de modo grotesco en un rellano, sabe que

se hunde. Por última vez, en un atisbo de racionalidad, se da cuenta de lo que acaba de hacer. Duda de todo. ¿Acaso no parecía lógica la reacción de su hijo, incluso el intento de herirle con ese cuchillo, cuando estaba claro que iba a por él? Lo que minutos antes, en el umbral de la puerta de su cuarto y luego en la cocina, creyó una incierta y hasta cínica sonrisa, o acaso una mueca de crueldad, ¿no sería realmente un gesto de pavor contenido al comprobar que su propio padre quería dañarlo?

Le acosa una vasta gama de sensaciones. Pero no el arrepentimiento.

Entonces, aún con la pistola en la mano, recapacita apresuradamente en la inutilidad de los disparos, en la inutilidad de todo. Nota que su cerebro es traspasado de lado a lado por un hilo de luz amarilla. El dolor lo ciega. Tanto por lo que ha hecho como por lo que no ha llegado a hacer.

Ahora se arrepiente, sí. Se arrepiente de haber fallado. Nunca se lo perdonará. Nunca tendrá otra oportunidad.

Siguen los gritos en la escalera. Nadie ve cómo introduce la pistola en su boca y aprieta el gatillo. Pero sólo suena un chasquido metálico. Agotó las balas.

Una inmensa llamarada acaba de besar su frente. Cierra los ojos y cae como un fardo. Se rinde. Llora.

Cuando abre los ojos las cosas parecen distintas. Hay color en los objetos y los rostros, aunque parecen cubiertos por un velo sepia. Le aturde el ajetreo que se forma a su alrededor. Correas, esposas que le aprietan en las muñecas, uniformes, luces giratorias de sirenas. Lo va entendiendo todo, y mientras se pierde en el seno de la llamarada comprende que no hay remedio. Por un momento sabe que ya no puede regresar de ese país de la mente en el que, en apenas una fracción de segundo e imantado por la estela de la llamarada, irrumpió con violencia.

Todo vibra en su entorno como envuelto en una alfombra vaporosa que marea, a la que acabará acostumbrándose con el paso de los años. Una neblina de cuyo evanescente esqueleto, de cuyo tacto áspero y de cuyo olor agridulce acabará por hacer su casa, su pasado. Se le acercan, le hablan, pero no oye. Ha dado un paso hacia el otro lado. A partir de ahora vivirá en la umbría de la realidad. Es, ya, un transeúnte del olvido. Una estatua.

Lo encuentran, sentado en las escaleras, con la mirada extraviada, el arma aún caliente y asida con docilidad a sus dedos. No ofrece resistencia. La misma actitud que tendría siempre, a partir de entonces. Después se lo llevan esposado, con las manos en la espalda y en medio de una gran expectación en el barrio. Hay ambulancias y varios coches-patrulla de la Policía. Antes ya han atendido a su mujer en una primera cura de urgencia. Un disparo le atravesó el hombro. Tuvieron que suministrarle un fuerte calmante antes de intervenirla quirúrgicamente. Finalmente se despeja la zona.

Días más tarde, parcialmente recuperada de la herida de bala, ella explica los detalles del suceso a varios inspectores, pero omite decir que un vecino entró en su casa tras los disparos, y mientras estaba herida y le eran prestados los primeros auxilios, este vecino, que fue a visitarla en su convalecencia, le dijo que había encontrado un cuchillo de cocina tirado en el pasillo, y que lo puso en su sitio. Ella, al saberlo, aunque en la clínica ya les ha contado varias veces a los policías lo que ocurrió, piensa que quizá también les convenga saber el dato.

Pero finalmente decide callar. Está destrozada. Lo dejaría ahí su marido antes de que le sobreviniera ese ataque de locura. Decidiría cambiar el cuchillo por su arma reglamentaria. En esos difíciles momentos sólo piensa en seguir adelante. Mejor olvidar aquel triste y lamentable episodio de sus vidas. Mejor, ya que la de él parece definitivamente perdida, intentar reconstruir como sea la de su hijo y la suya propia.

En cuanto al hombre sin voz, sin coartada, sin futuro, sin mirada, perdido en un confín de la luz que lo ensartó como hace una aguja con el torso de la mariposa, inerte y resignado, haciendo gala de esa solemnidad de espíritu que tan sólo confieren al ser humano la total demencia o la suprema sabiduría, también olvida para siempre la existencia de ese cuchillo y la existencia misma.

No obstante, a veces nota vagos estímulos. Como ahora. Le espabilan en su crónica modorra. Ha ido viéndolo todo con relativa nitidez, recuerdos adentro, más allá del filtro claroscuro de su mente. Las imágenes se sucedieron con fría precisión, respondiendo a una corrosiva álgebra inferior. Han surgido azuzadas por la cercanía de esas dos personas que de modo intermitente siguen hablándole con delicadeza, sin premura. Aunque desde hace rato parecen a punto de irse.

Está definitivamente exhausto. El iris de sus ojos se contrae con lasitud. Ha distinguido ahí enfrente, tras la cortina de niebla que va diluyéndose, esos dos rostros que le observan con atención y ternura. Ve en sus ojos una forma de piedad distinta a la que en algunos momentos puede recibir aquí, en su encierro.

Es más comprensión que piedad, más afecto que lástima. Eso quiere creer. En su aturdimiento se pregunta qué tendrán esos dos rostros para haberle ayudado a recordar lo que nunca olvida, pero en lo que nunca piensa. Quizás el hecho de que mencionaran esa frase que él solía decir hace ya mucho, mucho tiempo. Tanto tiempo que ni recuerda cuánto.

La luz del mediodía repta en torno al *Balneario*. Entra por todos sus recovecos, por ínfimos que sean. Ahora el sol le da casi de lleno en el rostro, y lo agradece. Se reconoce a sí mismo como ser vivo. Apurando un poso que creía seco, se reencuentra. Ha bebido en la fuente de la memoria. Sació su sed. Eso le llena de gozo. Si pudiera, derramaría lágrimas de alegría. Cada centímetro de su cuerpo se inunda de vigor, aunque su actitud siga siendo de total pasividad.

Pero se alarma irracionalmente ante una idea: tiene miedo no ya por sí mismo, sino por esos dos rostros jóvenes y llenos de emoción que aún le miran sin decir palabra, respetando su inviolable silencio. Una débil lengua de fuego ha llegado hasta la frontera virgen de la luz, atravesando la niebla, y le pone sobre aviso. Su visión se oscurece. Teme por ellos.

Debe hablar, ha de hacerlo como sea. Teme que dentro de poco será tarde.

Aguanta la quemazón hiriente de la llama, que le clava los colmillos en la piel y luego en la carne, horadándola hasta hacer que arda. No hay humo tras esa incorpórea mordedura, sólo dolor. Su espíritu empieza a ser consumido por las brasas. Ha de avisarles.

Le parece resbalar por una zona evanescente situada entre el tórax y el abdomen de un alacrán gigantesco. Va directo hacia la boca.

Un aullido lacerante nace dentro de sí. No logra exteriorizarlo. Parpadea o, más correctamente, consigue que tiemble una de sus cejas. Ha fallado. Esos hombres confiados y jóvenes van a irse de un momento a otro. Uno de ellos se levanta resignadamente y le hace a su compañero un gesto de desazón. No. Aun prisionero en su sillón debe intentarlo. Si falla otra vez no merecerá la pena que siga viviendo. Se dejará morir. Sabe cómo hacerlo.

Están a punto de irse. Lo que le desgarra se mueve en su interior como aspas de molino desbocadas. Efectúa un sobrehumano esfuerzo por moverse, por hablar. Consigue dirigir sus ojos hacia donde están ellos. Se han puesto de pie, y por esa razón le cuesta aún más elevar la mirada. Quizá por primera vez en su vida de penumbras, él, que no cree en un sentido profundo del término, se ha encarado a la luz elevando hacia ella una muda plegaria en forma de pensamiento amordazado:

–Dame fuerzas, Señor.

Les mira. Realiza ese movimiento con lentitud, aguantando el dolor agudo que le sacude. Cruje el mimbre del sillón y eso los alarma. Permanecen quietos y sorprendidos por lo que sin duda ha sido un gesto del hombre. Un gesto. Tan sólo uno. El primero.

–¡Quiere decirnos algo...! –exclama uno sumamente excitado.

–¿Estás seguro?

–Completamente.

–Pero... no puede ser... Hemos estado con él todo este rato y...

–¡Míralo, míralo otra vez!

–Es cierto...

El enfermo consigue parpadear de nuevo mientras interiormente agradece la sensación de esa espada luminosa deslizándose en trayectoria oblicua por su cara, sus hombros, su cabeza. Como si la propia luz estuviera ordenándole caballero, indicándole una misión que cumplir.

–¡Es verdad! –corrobora el otro, y luego se queda expectante.

Su compañero se agacha y, ya en cuclillas, tomándole de la mano le anima de forma pausada:

–Diga lo que piensa, por favor. Díganoslo si es posible. ¡Inténtelo!

La sensación de la mano sobre su piel lechosa y arrugada le ha estremecido. Acaba de encontrar en ese mínimo contacto todo el amor y la calidez humana de la que careció durante tantos años, sin contar la anciana monja ahora moribunda. Es el revulsivo que le da fuerzas para balancear la cabeza en un movimiento apenas perceptible, pero que no deja de ser una afirmación. Sin embargo, no puede hablar y teme que acaben yéndose.

La llama vuelve a morderle. Lo perfora, lo taladra. Debe resistir. Una gélida desesperación se enrosca en su interior, da bandazos como si la golpease una tempestad. Pero pasan los minutos y aún está sobreponiéndose del esfuerzo anterior. Es entonces, al ver que el joven que está agachado frente a él mira a su compañero con expresión de derrota, cuando comprende que si no reacciona dejarán el lugar en breve. Un enfermero acaba de entrar y asiste extrañado a tanto revuelo. Es ése quizá su otro momento de la verdad en la vida, la segunda oportunidad que le es concedida, ya que falló en la primera. Cierra los ojos y contiene la respiración. Ahora o nunca.

Un nuevo espasmo de dolor le recorre desde el cabello a los pies. Ha entreabierto los labios súbitamente trémulos, aunque sigue siendo incapaz de articular vocablo alguno. Pero ellos lo han visto. Se agachan de nuevo, ahora los dos al unísono, y le conminan a que intente hablar.

–Díganos... –insiste uno de los periodistas.

–Sabemos que puede hacerlo... lo sabemos... –le anima el otro, y alargando un poco la mano le toca el pelo.

Decrece el temblor de sus labios. Algo está retorciéndose con furia en su diafragma, en sus intestinos. Algo le oprime en el esófago para que no hable. Parpadea y de nuevo el temblor de sus labios se hace aparatoso, más evidente.

–¡Dígalo, por favor..., dígalo! –le suplica uno de ellos mientras se levanta y da vueltas en torno a la silla.

El otro habla de buscar ayuda, pues teme que pueda sobrevenirle un ataque. El enfermero, que ha vuelto a hacer acto de presencia, sugiere localizar de inmediato al médico, pero permanece ahí estático.

Acaba de recordar que un rato antes necesitaron al médico para atender a la monja anciana. También han pedido la asistencia de un sacerdote, que ya está en camino y que viene desde una localidad no demasiado alejada, un villorrio rural sito entre montes. A pesar de todo, creen que llegará tarde.

En lo concerniente a R. V. el enfermero reconoce que en varios años de atender a este paciente jamás le había visto así. También él se muestra impresionado.

–Le conozco recaídas y hasta pataletas en su cama –añade el enfermero sorprendido, y luego de una pausa continúa–: Pero créanme que así no le había visto nunca –dice en un siseo.

El bulto del sillón de mimbre está mudo e inválido, pero no sordo, ni muerto. Sus mejillas enrojecen ligeramente. Ahora es cuando se da plena cuenta de que debe darse prisa. Sus fuerzas se desvanecen. Le sobreviene la última sacudida tras el ímprobo esfuerzo, la más feroz contracción. Escruta una a una las caras que le rodean. Todo se tiñe de amarillo, y luego de color granate. Finalmente su visión queda plagada de dispersos pétalos de rosa ensangrentada.

Lo más duro es el órgano, que va a romperle los tímpanos si sigue aumentando de volumen. Eleva una nueva y silenciosa súplica. La oleada retrocede. Va quedando atrás, en efecto. Ya casi pasó. Ha sido mucho peor que el fuego al rasgar la carne. Según dicen, el cenit del sufrimiento físico quienes lo atravesaron. Es ése un dolor helado, impoluto y tan agudo que podría hacer estallar cristales a distancia si pudiera convertirse en nota musical. Intuye que va a perder el sentido. A extraviarse en sí mismo. A volver donde siempre. Primero el mentón y luego la cabeza comienzan a caérsele hacia delante. Pero antes, en un último estertor que es casi un gesto reflejo, logra decir algo. Ha sido un susurro:

–Nos... mira...

Sobresaltados, le animan a que se explique y siga hablando. Es inútil. La barbilla del hombre, ya totalmente entregada a causa del esfuerzo, declina y luego roza la parte superior de su pecho. Babea sobre el pijama y se le han llenado los ojos de lágrimas.

Uno de ellos apenas puede contenerse y se yergue. El enfermero frunce el entrecejo y mueve el rostro: se lo habían contado, pero nunca tuvo oportunidad de oír la voz de ese paciente. El hombre postrado esboza una serena sonrisa, mezcla de gratitud y sueño, de la que ninguno de los presentes ha podido darse plena cuenta por la posición totalmente inclinada de su cabeza.

Luego, conteniendo con dificultad la emoción que les embarga, se despiden en voz baja.

Quien lleva la bolsa con el casete y la cámara se muerde los labios, impresionado. A través de la ventana observa los cirros lejanos deshaciéndose a jirones, y cómo un ligero viento mece las hojas de los árboles. El que le acarició el cabello tiene la expresión hundida. Ahora su compañero está mirando el suelo.

–Que tenga suerte... –agrega uno mientras se dispone a abandonar la sala, y luego le dirige una mirada significativa.

–¡Ánimo...! –consigue decir a duras penas el otro contrayendo imperceptiblemente los músculos de la cara.

Ambos tienen la respiración agitada.

Por fin se disponen a dejarlo sumido en su ataraxia, en esa entereza demente, en su tranquilidad de espíritu.

Es cierto, les impresiona el aspecto de ese hombre que parece haberse dormido con la placidez de un niño feliz y recién comido. Les impresiona su tragedia, su destino. Y todavía más el supremo esfuerzo que ha hecho para hablar y, en definitivas cuentas, decir lo de siempre. La única frase que en un tenue murmullo fue capaz de pronunciar en todos estos años de encierro en el *Balneario*.

Pero sobre todo les impresiona la posición en que han quedado sus manos blancas, extensas, derrotadas. Se entrelazan formando un curioso tirabuzón. Podría ser un mago haciendo un truco de prestidigitación poco antes de extraer conejitos de la chistera y pañuelos infinitos de la bocamanga misteriosa. Podría hacerlo, si no permaneciese estático y cautivo como un guerrero normando atrapado en los hielos eternos de la Antártida, donde llegó tras naufragar.

Se van de allí con una incuestionable sensación de derrota. Caminan consternados pero sin decírselo, y una espesa melancolía se apodera de ambos cuando a sus espaldas se cierra la puerta de la sala en la que estaban. Ni quieren ni pueden dirigirle una última mirada. Un enfermero, que parece ser el encargado de esa zona, les ha visto salir y se dirige hacia ellos. Pide disculpas en nombre del médico que les atendiera rato atrás:

–Lo lamento... el doctor no puede despedirse de ustedes como hubiera sido su deseo, pues ha tenido que asistir de improviso a una importante reunión con el cuadro técnico responsable de las restantes áreas terapéuticas del centro. Me pidió que les saludara en su nombre –les dice con amabilidad–. ¿Ha habido algún problema? –pregunta acto seguido con supuesta calma, pues en realidad le incomodan los extraños.

Niegan con la cabeza.

Seguidamente habla con su colega y éste le explica brevemente lo que ha pasado. También añade que convendría informar al responsable del pabellón. Lo harán, señala el otro en tono afectado.

Abandonan aquel lugar dejando atrás un largo pasillo, y se dirigen hacia el aparcamiento. Los enfermeros les desean un feliz viaje de vuelta.

–Cuidado con las curvas en ese primer tramo de la carretera –les advierte el último en llegar, que parece algo más comunicativo que el anterior. Salen al jardín.

Lanzan una mirada a los setos de aligustre y laurel. También observan las glicinas rodeadas de diminutos macizos de tierra donde aún se ven restos de hortensias en sus macetas de cerámica pintada. Piensan en lo mucho que trabajarán ahí las monjas inmediatamente después de los maitines.

Se dan por enterados, mientras entran en el coche, de la recomendación del enfermero. Vuelve a llamarles la atención ese ir y venir apresurado de unas monjas en dirección al sector en el que deben de estar situados sus dormitorios, junto a la capilla de frontispicio encalado y techo oval.

El conductor vuelve a pensar en su fatiga y en que aún les resta el viaje de regreso. Su acompañante deduce que, por la hora que es, su mujer y la cría ya habrán realizado todos los recados. Ese día la pequeña no tenía colegio, pero seguro que se ha portado bien. No sabe que, precisamente hoy, no fue así. La madre se llevó un considerable sobresaltado cuando, estando en los Grandes Almacenes, y en la sección de ropa deportiva, pues han ido a comprarle un chándal a papá, la niña se marchó de su lado, contraviniendo las órdenes al respecto, y durante un rato no la encontraron. Tuvo que pedir la ayuda a varias dependientas. Incluso dijeron su nombre por la megafonía, aunque no fue así como la encontraron. Quien dio con ella fue una clienta. Al entrar en el lavabo de señoras distinguió algo tras una puerta semicerrada. Parecían los pies de alguien. Miró y, en efecto, era una niña arrodillada en el suelo, frente a la taza del retrete, mirando dentro. Cuando esta mujer le preguntó qué hacía ahí y de ese modo, la pequeña sólo contestó:

–Hablando.

El recorrido que había hecho la niña hasta aparecer dos plantas más abajo, junto a la sección de discos, era bastante complicado. Tuvo que utilizar las escaleras mecánicas. Una dependienta de esa sección la vio escuchando a través de los cascos. Con toda probabilidad había cogido algo para oír y se lo había puesto ella sola. La dependienta supuso que los mayores estarían cerca. No lejos del acceso a los lavabos había varios estantes dedicados a la música sacra, y otras tantas carátulas estaban esparcidas sobre un mostrador. Al ser reñida por su madre, que ya tenía el chándal para su marido, la pequeña sólo dijo que de pronto se dio cuenta que estaba perdida, y decidió ir a buscar a mamá. Cuando la dependienta aludió al desbarajuste organizado en los estantes de música sacra, dando por hecho que debía de haber sido la niña quien lo llevó a cabo, ésta no sólo no lo negó, sino que dijo:

–Tenía que oír ese disco...

Nadie preguntó de qué música se trataba, lo cual hubiera sido lógico tratándose de una criatura, ni siquiera a nadie se le ocurrió preguntar por la causa de tan imperiosa y anómala necesidad. No, el motivo de aquella conversación a múltiples bandas fue doble. De un lado, el alivio porque la chiquilla había aparecido, y de otro cómo era posible que ella sola, sin ayuda de nadie, hubiera sido capaz de poner en funcionamiento el aparato reproductor de música.

Lo cierto es que, muy lejos, su papá y quien le acompaña siguen sin poder quitarse de la mente el rostro del hombre con quien acaban de compartir algo. Aún no saben qué, pero acaso algo importante. Quizá su silencio y el misterio que éste llevó adosado desde un principio. Quizá su especial e indemostrable estado de gracia pese a debatirse en una perpetua y lastimosa inconsciencia. Porque de lo que no les cabe ninguna duda es de que aquel hombre, de una forma u otra, está iluminado.

Terminan de colocar correctamente sus bolsas en el vehículo, lo ponen en marcha y tienen que hacer un par de maniobras para sortear una camioneta que estaba estacionada junto al auto. Por el rótulo parece de un supermercado. Toman el sinuoso camino sólo a tramos asfaltado, que bordea setos, parterres de hierba y varios bancos que circundan una rotonda. Llegan a la alameda con los abedules. Es la ruta por la que ya vinieron a su llegada.

Se cruzan con un vehículo de color aceitunado que va bastante rápido. Dentro del auto distinguen la presencia de un sacerdote colocándose apresuradamente su estola morada. Uno comenta mientras le quita el plástico al paquete de cigarrillos por estrenar:

–Como para morirse aquí...

–¿Qué dices?

Parece sorprendido ante un comentario que no esperaba.

El otro medita y añade:

–Me refería a ver que te mueres y pedir los últimos auxilios espirituales y todo eso...

–Piensas cosas raras.

–¿No crees que en este sitio todo es raro...?

Queda suspendida la última palabra. Un sitio raro. Fue justamente lo que les indicó que era el *Bal-*

neario el tipo de la gasolinera cuando venían hacia aquí.

Alcanzan la puerta de entrada. Un enfermero distinto al que les abriese al llegar saluda desde la cabina acristalada. El que conduce no evita mirar por el espejo retrovisor. La imponente mole del *Balneario* va alejándose poco a poco. El tono de la fachada le parece ahora de color ocre, como encendido desde dentro. Las columnas de la parte frontal del edificio van quedando pequeñas, igual que centinelas enanos que a pesar de todo no pierden su porte de severidad.

Hubiese jurado que cuando llegaron el edificio era blanco. Ahora lo ve como azulado. Será la suciedad del cristal trasero, piensa. Segundos después, tras el roquedal que se incrusta en una curva a modo de pétreo sarpullido de la carretera, ese peculiar y monumental habitáculo de la desesperanza que es el *Balneario* se pierde de su ángulo de visión.

–Sitio raro de verdad –apostilla secamente el conductor.

–Dijéramos que tiene un cierto aire –responde el otro, pero no explica un aire de qué.

Aunque ya hace rato que pasó la hora punta del mediodía, el sol, en lo alto, brilla aún con dañina intensidad. Hay una larvada tiranía de colores gualdas y vagamente eléctricos que lo inunda todo. Será que tiene la vista cansada, piensa el acompañante. Mientras, el conductor sigue reflexionando acerca del tono de la fachada, en la suciedad del cristal, castigado por el polvo. Baja el protector de gomaespuma para no deslumbrarse. Son casi las cuatro. Ya comerán algo a mitad de camino, pese a que sea un poco tarde, le dice a su compañero.

–Sí, tú siempre con la fascinante alternativa de improvisar una merienda-cena –le contesta el otro, pero tan pronto oye su propia frase entiende que se trata de un comentario banal. Les preocupa otra cosa. La pregunta es si saben qué.

No tienen hambre, y en cualquier caso el ronroneo del vientre no es hambre. Están, eso es cierto, más inquietos que cuando vinieron. Y desazonados. Tanto que ambos sienten verdadera necesidad de abandonar de una vez por todas aquel agobiante paraje. Sobre todo quien conduce, que ha empezado a sudar pese a que lleva puesto el aire acondicionado. Por el retrovisor, en un corto tramo en línea recta, situado entre los restos de una estela de polvo y con el inconfundible traqueteo del ruido de la gravilla, aparece de nuevo la silueta del *Balneario*. Lo observa de soslayo y con respeto no exento de animadversión. Al poco tiempo vuelve a desaparecer esa mole de piedra de aspecto carcelario pero con fines terapéuticos.

Dejan atrás aquel templo erigido a quienes optaron por olvidar la cordura, por ser olvidados para siempre.

El hedor se diluye.

Sus miradas siguen fijas en la carretera. Sólo ven inmensas rocas, piedras de diversas formas, curvas cerradas, manchas terrosas que sugieren distintos estados de ánimo. A la izquierda del auto se inicia la frondosa tangente que alegra la montaña, una pared de cierto desnivel salpicada de cardos, de arenisca y pizarra que asciende en diagonal en dirección al cielo. A la derecha, el acantilado. Parece un inmenso hueso roto y astillado de la naturaleza.

Se alejan del *Balneario*. No ven, pues, la imagen

del médico que les atendiera. Está en el extremo de la fachada frontal del edificio en el que acaban de estar, con sus troneras romboidales llenas de telarañas, de atmósfera tan lúgubre y pesada. No lo ven, quieto en una ventana, impávidas las facciones y escrutando el horizonte. De verlo, quizás habrían pensado con candidez: ¿qué hace ahí, parado en la ventana, si tenía que asistir a una larga e importante reunión?

No ven sus ojos inmóviles y de ámbar, ni sus labios apretados en un rictus que podría ser de enfado, pero también de alborozo disimulado y a punto de exteriorizarse. Como si quisiera hacer ostentación de sus dientes alineados y blancos. Tampoco ven la manera en que esos labios se destensan y pronuncian una única y extraña palabra. De haberla oído, ellos nunca hubieran comprendido. Y sin embargo sus labios lo han dicho con precisión, vocalizando, guturalizándolo con cuidado.

Algo de esa palabra sin sentido cruza instantáneamente el aire, los riscos, las montañas, el cielo. Algo fluctúa entre las madreselvas que alegran el seno profundo de olvidados sotos, a su vez acosados por arbustos murmuradores y pasivas acacias, siempre egregias en su reino de humedad y nostalgia. Algo crepita entre fárfaras insolentes y juncos soliviantados por la brisa.

Esa larga onomatopeya, honda, tenebrosa y ubicua genera un remotísimo e imperceptible eco que se pierde más allá de la inmensidad del valle en el preciso momento en el que un cúmulo de cirros pasa sobre sus cabezas.

Uno vuelve a pensar en la mancha de su camisa, y nota un pinchazo en el mismo lugar en que está situada esa mancha, justo entre las costillas. ¿Qué le está sucediendo? No sabe la razón, pero sigue obsesionándole la textura, la dimensión interior de esa mancha. Hasta ahora pensó intermitentemente en ella, pese a que pudiese parecer absurdo. Ahora le duele.

Ve la mancha de un color azul intenso, casi despiadado.

Años atrás se ensució las manos con arándanos, y aun otra vez con grosella. Ahora le parece estar impregnado con tintura de yodo.

El otro percibe un tenue dolor en la nuca y por un instante recuerda los escorpiones de anoche, en su sueño. El tacto calcáreo de los pedipalpos, la visión estremecedora de un aguijón. Tantea con la yema de sus dedos sobre la piel y cree notar una diminuta verruga. Nunca antes la tuvo, eso cree. Intenta pensar en cualquier cosa.

El sol se ha ido. Todo queda gris. No ven la sonrisa de ese hombre joven, de bata blanca y recién planchada que ahora cierra con parsimonia la ventana. No ven su figura que se pierde tras los muros. No ven cómo se acaricia las sienes y sonríe.

El cielo se ha ennegrecido, y a lo lejos, tras las montañas, suena un trueno.

La anciana ciega retoma la plegaria con la que inicialmente afrontó su agonía:

–*Misereatur vestri omnipotens Deus, et dimissis peccatis vestris, perdurat vos ad vitam eternam...*

Abre los ojos y, luego de posarlos sobre los labios de la joven monja que va traduciendo, también ella deja escapar una amplia y confiada sonrisa:

–Dios Todopoderoso tenga misericordia de vosotros, y una vez perdonados vuestros pecados, os conduzca a la vida eterna... –sigue recitando la religiosa que permanece arrodillada junto a la moribunda.

Luego el débil tronco de la vieja sufre una sacudida y, tras lanzar un largo y profundo suspiro, expira.

Hay un súbito cambio del dorado al marrón en el ambiente. Esa sutil modificación del amarillo al negro, del día a la noche, provoca en ellos reacciones distintas que sin embargo son precedidas por una sensación común. El pulso les ha aumentado de ritmo en forma alarmante. Quien conduce, las manos cada vez más tensas y sudorosas sobre el volante, aprieta las mandíbulas y el pedal del acelerador. Sigue con la mirada fija en la carretera y su único objetivo es alcanzar pronto el desvío hacia la comarcal, que se encuentra en mejor estado. Poco más de quince kilómetros les separan de ella. Pero esos kilómetros en montaña son muchos. Deben llegar ahí como sea y en el menor tiempo posible.

El de la mancha en la camisa inclina el rostro y la ve ahí, como si creciese silenciosa y perfecta. De hecho lo diría en voz alta:

–¡Me estoy desangrando!

Pero no lo hace.

También algo se ha oscurecido en su interior, igual que el paisaje. Le atenaza el miedo, la pesadumbre o la inquietud, pero sobre todo unas repentinas ganas de huir.

Y cree oír el trueno, o su reverberación desde el suelo, en los pedales del coche. Se pregunta si es real ese alfilerazo que acaba de sentir en el lugar concreto de la mancha.

Un invisible obús de efecto retardado se abre paso a través de su globo ocular, clavándose en la córnea.

Nota que algo está entrando en él. Lo palpa con el pensamiento, pero ya no puede detenerse.

A su compañero, más distendido por no tener que conducir y que creía haber desterrado de la imaginación cualquier resquicio de pesadillas arácnidas, le sobreviene una sensación de sorprendente lucidez. Es tal su extrañeza ante tal percepción que debe abrir desmesuradamente la boca para respirar de modo acompasado. Como si aquello que acaba de pensar, convertido en melodía con vida propia, necesitase tomar aire para seguir configurándose al ritmo vertiginoso en que lo hace.

De pronto ha recordado con exactitud los rasgos del rostro del médico con el que hablaron. Los reproduce en el recuerdo con rigor forense. Ha pensado, simultáneamente, en los rasgos del hombre del sillón de mimbre y en el indudable parecido que guardan los rasgos faciales de ambos.

Una idea siniestra cruza como un relámpago por su mente. Va a exclamar algo, pero no lo consigue. Se gira hacia el que conduce, aún mudo de estupor por lo que acaba de pensar. No se atreve a exteriorizarlo. Observa el rostro tenso de su compañero y va a decírselo. Comprueba que están corriendo excesivamente.

Va a recomendarle un poco de prudencia, pero antes le dirá: «Ese médico es su hijo, seguro». Permanece indeciso, y teme que su amigo podría tildarle de loco.

No le salen las palabras. Vuelve a contemplar el perfil de alabastro de su compañero y entiende que también éste se ha dado cuenta de algo, y por eso su precipitación conduciendo. Aunque sigue siendo una idea un tanto descabellada. Mira a la carretera y de nuevo se dispone a hablar cuando piensa en otro detalle que consigue que se agite en su asiento. Ahora sí, se vuelve bruscamente hacia su izquierda y, asiendo al conductor por el codo, le grita:

–¡Lo dijo en singular, en singular! ¿Lo oíste?

Por un segundo sus ojos se encuentran con los del compañero y comprende que también a éste el instinto le ha puesto sobre aviso, de ahí su actitud temeraria y el silencio que le atenaza. De ahí ese miedo isósceles que no es capaz de contener y que hace que el auto vaya derrapando cada vez más apresuradamente en las curvas y sobre la gravilla, apurando al máximo el trazado de la estrecha carretera.

–¡Calla! –responde con voz quebrada el conductor. Lo que significa que ya lo sabe, que él acaba de ser partícipe del descubrimiento.

–Tú también...

No es un descubrimiento, sino una revelación. Y eso no suele quedar impune.

No les asusta el chirriar de los neumáticos, ni la estela de polvo que levantan a su paso. Es todavía mayor la sorpresa. Lo que hasta ese instante era presentimiento se ha convertido en estupefacción. Una bofetada súbita e intangible en pleno rostro los arroja sin contemplaciones a la misma certeza. Sufren idéntica y amarga certidumbre gramatical.

El hombre del sillón de mimbre dijo: *nos mira*, refiriéndose a una persona en concreto, en vez de *nos miran*, en plural, lo que hasta ese momento había sido una frase recurrente. Y de nuevo la retina de ambos es impregnada por los rasgos del médico y al mismo tiempo por los de esa entrañable piltrafa, ese vegetal en vida suspendida que parecía querer avisarles de algo. Tal vez de la presencia de su propio hijo.

El hijo del hombre.

Quien conduce recuerda de pronto en toda su plenitud los ojos del médico. Ese brillo en sus pupilas. Los observó detenidamente momentos antes de que aquél se despidiera de ellos. Esos ojos. Esa mirada vidriosa. Cree que una potente bengala ha explotado frente a él.

El iris de sus propios ojos se contrae, incapaz de controlar la luz que entra a borbotones allí, en un rincón de su cuerpo que no logra dominar pese a los nerviosos parpadeos. Cree ver otra bengala, ésta aún más dolorosa que la anterior. Su retina acaba de recibir determinada imagen. El nervio óptico ha transmitido una orden al cerebro.

El pie derecho pisa con fuerza el acelerador. Los brazos y cuello se crispan por momentos. La frente expele un sudor frío que su compañero, alarmado, puede observar al mirarlo de perfil. Algo está pasando en los ojos del que conduce. Se le contraen los párpados. Le pesan las pestañas. Le queman. Siente que se le paraliza paulatinamente el pensamiento, que se le atrofian los sentidos. Ha visto algo, sí, algo que se mueve ahí, a lo lejos, en la carretera. Abre más los ojos sin dejar de acelerar.

Ahí enfrente hay una mujer. Tiene cierta edad, viste de rojo y lleva sombrero. Camina directa hacia ellos por el centro de la carretera.

Hace sonar el claxon repetidas veces. La mujer del sombrero no varía su camino. De un volantazo logra esquivarla en el último momento. El coche da un trompo pero vuelve a enderezarlo con dificultad.

Mete tercera y sale de la curva patinando sobre la gravilla.

Algo perfora el humor vítreo de sus ojos. Es el mismo segmento de luz que poco antes traspasó la sustancia gelatinosa e incolora del globo ocular. La misma que a su paso ha dejado huellas en la retina y en el cristalino, destrozándolo todo como la guerra.

Aparece otro hombre en la carretera. Éste se encuentra a unos quince metros. Viene de frente y con la mirada fija en ellos. Lleva una especie de paquete en la mano. También va caminando justo por el medio de la calzada. Tras un nuevo y frenético volantazo, las dos ruedas laterales invaden un desnivel, junto a varios pedruscos. El auto efectúa otra extraña pirueta y los neumáticos resbalan en la gravilla dibujando un sencillo aunque peligroso bucle sobre la carretera. Logra enderezar el morro, pero no la parte trasera, que se balancea a izquierda y derecha sin control en un arabesco polvoriento y chirriante.

También esquivan al hombre con el paquete. Y a otro anciano que lleva un paraguas a modo de bastón. Y a dos niños.

Entonces el que no conduce le ruega a gritos a su compañero que frene. Intenta coger con la mano el cambio de marchas. No lo logra porque está en exceso asustado. Allí tropieza con los dedos rígidos del conductor. Mira hacia la carretera. Él no ve nada, pero imagina lo que ve su amigo. Aunque parezca increíble, lo imagina. Y lo imagina, sencillamente, porque lo intuye.

Hay una maraña de cuerpos.

Lleno de pavor piensa que ha de saltar del auto, que su compañero ha enloquecido. Lo decide. Va a hacerlo. Incluso coge el tirador de la puerta. Pero en ese momento nota que algo áspero se le clava en la espalda y da con su cabeza en el respaldo del asiento. No puede resistir ese pinchazo en la columna vertebral. Su paladar se ha resecado de angustia y se lleva las manos a los ojos para no ver.

Porque también él ha visto. Los ha visto. Esa pareja que viene sonriente y directa hacia el coche. Van cogidos de la mano, como si fueran novios. Ve a más, empieza a verlos por todos los lados. Lucha por no sentir. Intenta no ver.

Algo le está deslumbrando incluso con los ojos cerrados. Algo que no es el sol. Es incapaz de dejar de ver figuras y formas gaseosas. Sin saber la causa lanza una risotada brutal y absurda en forma de gemido.

Se le ha escapado la razón y empieza a pensar en la noche. En el concepto de noche, en su olor y color. En su sabor. La noche cala en él desde la suela de los zapatos hasta la raíz del pelo, que se le eriza de repente.

Simultáneamente, un segmento de luz violácea se ceba en el ojo del conductor. Lo perfora igual que el rayo solar hace sobre la superficie del agua, desdoblándose en un abanico de espectros. Ha rasgado la mancha amarilla como antes hizo con la esclerótica, la coroides, el músculo ciliar y la propia retina, anegando todo a su paso, impregnando su ser de un nuevo conocimiento.

Va cosido al volante y, sin necesidad de mirarle o preguntar nada, sabe que su compañero se ha extraviado. Ve cuerpos y más cuerpos que salen de cualquier parte. Surgen de las cunetas, como si estuvieran ahí esperándoles. Cuerpos al acecho que se abalanzan sobre el auto diríase que para interceptarlo en su huida. Aprieta los dientes. Esquiva a uno, a otro, a un tercero. También a dos criaturas de corta edad que vienen sin vacilar hacia el coche y riéndose.

Los cuerpos están y no están. Porque eso de ahí son cuerpos isótropos, poseen idénticas propiedades en todas direcciones. Parecen figurillas de mazapán derritiéndose en el horno. Almendras molidas con azúcar que se convierten en líquido hirviendo. Hace años uno de ellos tuvo una pesadilla así.

A la salida de una curva muy cerrada surge otro hombre de improviso. A diferencia del resto, éste permanece quieto en medio de la calzada y sonríe. Aunque él no puede saberlo, lo hace con idéntica sonrisa, omnímoda y vacua, que el joven médico tenía en la ventana. El hombre ha dicho algo, una sola palabra. La palabra.

Quien conduce, en estado evidentemente enajenado pero aún luchando para no perder las riendas de la situación, se da cuenta de que no podrá esquivarlo. El volante se deshace entre sus dedos como algas podridas. Le desconcierta que ese hombre no camine hacia ellos, como los demás. Le desconcierta que haya movido los labios. El hecho de que permanezca inmóvil rompe en pedazos su voluntad, su instinto.

Demasiado cerca. Demasiada velocidad. No obstante, en un último y desesperado volantazo, intenta girar el auto y enderezarlo sobre la calzada. Imposible. Suelta el volante y se tapa la cara. Demasiado tarde para frenar o pedir auxilio. Pero la curiosidad le vence: mira por los huecos de los dedos como rejas frente al rostro. Aprieta los dientes con todas sus fuerzas. Van a arrollarlo. El coche, encabritado y envuelto en una nube de polvo, da de lleno contra esa figura humana. Ambos encogen los hombros esperando el impacto.

Un silbido blanco les horada los tímpanos. Retumba el suelo. Ya. Pero en realidad no oyen nada. Han pasado por encima del hombre y, a pesar de ello, no escucharon el ruido del cuerpo al ser golpeado violentamente por la carrocería.

Ése es el instante preciso. Otro segmento de luz ha tocado de lleno en el punto ciego del nervio óptico del conductor y, al mismo tiempo, le ha hecho ver cosas que no veía.

No se trata de cosas terribles. Tan sólo son cosas que ni siquiera hubiese podido imaginar apenas un segundo antes. Tal vez cosas que soñó cuando era niño, cosas que hubiera llegado a soñar algún día. Pero el tiempo se consume.

Entiende la belleza pura del insecto y el álgebra del viento. Conoce la filosofía del musgo y la naturaleza animal de la llama. Ve lo que el caracol ve, y lo que la piedra imagina.

Se hunde.

Quiere gritar y rebelarse, pero de su boca contraída sólo brota un tímido y ahogado lamento. Nota que el vehículo se le va, que cae terraplén abajo, en dirección al río. El traqueteo es enorme, y de pronto lo ve todo al revés. Su cabeza golpea violentamente contra los cristales. Al poco los nota en sus fosas nasales, bajo su lengua.

Luego da contra el techo, contra el volante. Se rompe su nariz, pero ya nada duele. Es un estallido seco y viscoso de color bermellón y sazonado por asteriscos que lo ciegan. Hay un cierto regusto a sangre en su garganta, pero no se asusta. Continúa fascinado por esas caras, por esas bocas que sonríen y luego ríen a carcajadas. Están por todas partes. Manosean el coche incluso en la caída.

Se contagia de ellos, y también de su compañero, hecho un ovillo magullado en la parte trasera del auto. Y mientras éste sigue desmoronándose, él se relaja, también decide reír.

Por un momento, antes de saberse en el epicentro de la gran bola de fuego en la que poco a poco se está convirtiendo el coche, percibe la demencial sensación de que todas esas caras y esas bocas que sonríen están dándole una especie de bienvenida.

No tiene siquiera tiempo de mirar a su amigo. Éste aún piensa con incredulidad en la noche amarga y sin fisuras que de repente parece habérselo tragado. La caída los hermana. Abre una vez más los ojos y se ve a sí mismo hundiéndose en el cenagal de una brisa oscura que los abraza y los arrastra, en ese hedor que traspasa sus almas como una flecha.

Chocan sus cuerpos, pero aún alcanzan a darse la mano.

Y se hunden, sí, en una risa neutra, densa, sólo rota por la caricia fulminante y abrasadora, por el infinito resplandor que se crea en su entorno, en sus corazones, cuando el auto estalla.

Antes, un cuerpo ha salido violentamente despedido por la parte trasera. Ahora, inerte y hecho un guiñapo ensangrentado, permanece boca abajo en una pequeña hondonada, entre espesos matorrales de romero.

A los pocos segundos, sofocado el estruendo que provoca la deflagración de esa especie de erizo metálico en llamas que es el coche al golpear contra los salientes riscos, se levanta una espesa humareda formando caprichosos tirabuzones de sucio viento fugitivo. Locuaz y sobresaltada, una cigarra insinúa tímidamente su canción, pero pronto cesa todo ruido y vuelve a imperar el silencio. Pasa el tiempo y algo se estremece en el aire.

Cuando llega la quietud a lo alto del promontorio rocoso donde se yergue el elegante roble, hay una agitación desmedida en el iris de una rapaz a la que el plumaje se le pone súbitamente enhiesto. Lo mira todo sorprendida desde el interior de su árbol atalaya, como si ahí enfrente, por los campos desamparados a los que sojuzgan indistintamente el calor y la escarcha, estuvieran registrándose paulatinos cambios en la intensidad de la iluminación.

Cree ver cuerpos por los que atraviesa una cierta y difusa claridad, pero que no permiten distinguir formas concretas a través de ellos. Son figuras translúcidas y exangües que dejan tras de sí una tibia estela de luz fosforescente de color blanco verdoso. Son luciérnagas de la nada. Vapor errante y cabizbajo. Son criaturas de la oscuridad. Es preferible seguir inmóvil. El ave rapaz sabe, y allí continúa, oculta entre el ramaje.

El milano y la nube, en lo alto y a su modo, también saben. La suya es una irreflexiva y glacial certeza. Por eso huyen cielo a través como si quisieran apurar los últimos resquicios del crepúsculo, diríase que eludiendo un choque frontal y súbito, o tal vez un beso negro y lacio, con la inminente oleada de estrellas que, en efecto, nos miran y se ciernen en torno a los valles lejanos, amparadas bajo el bosque lácteo de la noche.

Pronto todo pertenece al pálido reino lunar. Hasta

el advenimiento del alba sombras renqueantes deambularán sin tregua ni sentido, incluida esa recién llegada, en medio de esa luz magnífica y terrible.

Quizás algún día todas ellas alcancen el merecido descanso eterno.

Muy lejos, en la ciudad, los acontecimientos siguen su curso inexorable.

El dolor de las familias, cuando horas después tienen noticias del accidente, es enorme. Quien conducía el coche falleció en el acto a resultas de los golpes sufridos. Su compañero tiene heridas de carácter irreversible y en el hospital juzgan como altamente improbable que pueda salir del estado de coma en el que se halla. Y aun si lo hiciera, seguiría postrado durante el resto de sus días. De momento, así se lo han dicho a su hija pequeña, papá duerme una especie de sueño casi eterno. Su papá está muy feliz, allá donde se encuentra.

–Pero ¿está en el cielo? –pregunta la niña.

Se apresuran a negarlo. En un sitio mejor y más tranquilo, le dicen.

–¿Dónde? –insiste ella.

Nadie sabe qué contestar. Es entonces cuando la niña les sorprende asegurando que cuando sea mayor será médico, y cuidará mucho de su papá.

Quienes la rodean elogian esa decisión suya, y lo hacen entre lágrimas disimuladas.

–Eres una niña muy fuerte –le dicen.

Ella asiente, orgullosa.

Luego, sorprendiéndolos a todos, pronuncia una palabra extraña que no entiende ninguno de los allí presentes. Mejor dejarla, piensan.

La pequeña les dedica una mirada neutra. Aparentemente serena, da unos pasos por el salón y se coloca justo de espaldas al grupo de familiares, de modo que éstos no pueden distinguir sus rasgos.

–Qué valiente y qué mujercita es... –se oye murmurar a alguien ahogando un sollozo.

Ella lo ha oído.

Está frente a la ventana.

Sonríe.

Cerrad los ojos y mirad: lo que habéis visto ya no está, y lo que veréis no existe todavía

LEONARDO

Los cuerpos más opacos se tornan transparentes si sus partes se dividen en gran medida

NEWTON

Todo penetra en nosotros mucho antes de que suceda

NOVALIS

Y entró el espíritu en los muertos, y resucitaron, y se puso en pie una grandísima multitud de hombres

EZEQUIEL, 36-10

Diseño: Winfried Bährle
Fotografía de la sobrecubierta: Fotonica
Foto de solapa: Ricardo Mira

Círculo de Lectores, S. A. (Sociedad Unipersonal)
Travessera de Gràcia, 47-49, 08021 Barcelona
www.circulo.es
1 3 5 7 9 1 0 0 2 8 6 4 2

Licencia editorial para Círculo de Lectores
por cortesía del autor.
Está prohibida la venta de este libro a personas que no
pertenezcan a Círculo de Lectores.

Depósito legal: B. 396-2001
Fotocomposición: Fotoletra, S. A., Barcelona
Impresión y encuadernación: Printer industria gráfica, s. a.
N. II, Cuatro caminos s/n, 08620 Sant Vicenç dels Horts
Barcelona, 2001. Impreso en España
ISBN 84-226-8636-8
N.° 29926